乡野

郑彦英 著

河南人民出版社

目录

岚溪风景	001
崤阪石茶	027
相思树	053
从狗到犬	085
白鹭	103
水枕	135

淅川柏籽	绝地	羑里采蓍	土
235	211	187	153

岚溪风景

去年秋天，一位民俗学家邀请我同行，到人的脚步基本上走不到的地方去寻找我们这个民族的原始痕迹，开始，我是怀着锻炼身体和看风光的心情去的，没想到很快入了迷。于是，在大巴山深处，在一个叫作岚溪的养路工区，我坐在冰凉而又潮湿的石头上，听工区的养路工，用很浓重的地方口音，给我讲述了他们平淡的日子和惊心动魄的时光。

许多年前一个夕阳西垂的下午，一支风餐露宿的勘探队刚刚钻出大巴山深处的一片密林，一条云遮雾障的美丽的大峡谷就横在了他们面前，这时候夕阳金色的余晖透过密匝匝的树林的缝隙，飘一般地洇进大峡谷间的云雾中，云雾就变得晶莹透亮，云雾后面的重重叠叠的山峰就显得坚实而又宽厚，云雾间的树木山石就若隐若现地透出无限的神秘色彩。这些来自大都市的文明人立即被眼前扑朔迷离的景色吸引住了，他们感叹着卸下肩上沉重的背囊，拿出勘探队唯一的一台照相机，不失时机地照下了一张相片。因为他们常年穿行于崇山峻岭，知道山中的美景常常转瞬即逝。但他们怎么也没有想到，这个峡谷中的云雾游动得很缓很慢，景色的变幻也就抒情而又长久，暮色越是深重，景色越显得苍厚迷人。直到夜幕完全垂临，美景被黑色淹没。他们才想起拾柴生火、挑锅煮饭。勘探队里大都是装了一肚子墨水的秀才，当篝火的光亮在他们脸上跳动闪烁时，他们为这条没有人烟的大峡谷取了一个意韵很深的名字：岚溪。而且，他们就着篝火，在勘探图上画出了一条弯曲的细线，并且在细线的旁边标上了一个小小的黑点，在黑点旁边标上了两个字：岚溪。

几年以后，这一条细小而弯曲的线变成了铁路线，那个黑点变成了三间简陋的瓦舍，瓦舍里住进了三个男人，其中一个有文化的男人在瓦舍的门墙上用毛笔蘸着红漆写了一行字：岚溪养路工区。从此，岚溪里有了人烟，也有了人的声音和使用工具的声音。火车是从来不在这里停的，火车飞驰而过时发出一阵巨大的轰响，轰响之后是卷在火车后面的一股风的旋涡，火车和它的声音消失后，岚溪里就又剩下了那三个男人和一条美丽的岚溪。

岚溪边的三间瓦舍常常被埋在云雾里，屋里屋外就长起很多绿茸茸的苔藓，瓦舍的墙皮很快就剥落了，黄泥糊就的墙壁变成了灰色，那一行红漆写就的岚溪养路工区也斑驳一片，很多字已经少了笔画，就在那一行字变得谁也无从认识的时候，养路工区的三个人调走了两个，其中就有那个用红漆写字的有文化的人。只剩下一个长着一双特大的手的叫作张二昆的男人，在那个明媚的阳光照着的早晨，张二昆垂着一双大手送走了和他朝夕相伴的两个男人，又迎来了两个年轻的男人。这时候岚溪里的云雾正是最好看的时候，棉花朵一般起伏的云雾上飘浮着绚丽的彩虹。新来的两个男青年就被这美丽的景色迷住了，下了交通车后就呆呆地观望着面前的景色，自然少不了发自内心的感叹，张二昆就迎过去说，往后天天都可以看，只怕你看着看着就不想看了。

这两个小伙子果然很快就不想看了，因为再好看的景色也是不能当饭吃的，而这里纵有万千美丽的景象，却没有庄稼，也没有种庄稼的老百姓。岚溪养路工区的所有吃食，就得靠山外的生活供应车送来，自然就不可能新鲜，不可能像山外的人那样一日三餐吃得丰富多彩。山里的泉水倒是干净清澈的，但需要从云雾里穿过去，到沟底去打回来，而劳累了一天的人，谁也不愿意下去打水，于是就常常没有水喝。还有那美丽的云雾，给养路工区的三间普通瓦舍送去不少潮湿，屋里自然潮乎乎一片，床底下、墙根上，到处可以看到形状奇异的潮湿虫，衣服被子，没有哪一天是干燥爽净的，他们白天晚上就被潮湿的衣服和被子包裹着。更重要的是，这里除了从来往的火车上飘下来人的声音，平时是绝对见不到除了他们三人之外的人的。自然不可能有什么文化娱乐活动，一天工作下来，三个人面面相觑，整日待在一起，再说话也是重复，于是就不说。睡觉吧，潮湿的被子常常将他们的瞌睡驱赶得无影无踪。看云雾吧，云雾给他们带来的灾难已经使他们对美丽的云雾产生了深深的反感。于是，两个新来的年轻人还没有在岚溪养路工区待够三个年头，就像前两个男人一样，背着他们潮湿的铺盖卷离开了岚溪养路工区。

又有两个年轻的小伙子接替他们。所不同的是，工区里不再是三个人，而是四个人，因为张二昆身边多了一个小人物，那是他的儿子张国栋。从这个气派的名字上，可以看出父母亲对小国栋所寄予的厚望，但是国栋的母亲仅仅留下了厚望，就不回头地离开了她的亲生骨肉，把落实厚望的责任毫不保留地交给了大手汉子张二昆。

她离开他们时正是生活供应车来送给养的时候，那一天下着小雨，张二昆没有送她，但还是忍不住透过窗户上那片裂了两条大口子的玻璃看着他的妻子离开。这时候儿子小国栋放声大哭，要出去拉住他的母亲，但是张二昆不让，张二昆的一只大手抓着儿子的胳膊，儿子就一边大哭一边扑腾着手脚。妻子就在儿子的哭声中离开了岚溪养路工区，直到生活供应车的声音完全消失，张二昆才离开了窗户，他感到自己眼里有泪噙着，就伸出大手掌擦了。

张二昆并没有恨这个离开他和他的儿子的女人，他反倒感激这个女人给他带来的几年时间的夫妻恩爱，更感激她给他生了一个结结实实的儿子。她的离开是在他的意料之中的，因为她几次提出让他调出岚溪养路工区，还说不为她着想，也得替儿子国栋着想，正在长身体的儿子在这潮湿的地方只能长出一身病来，一身病的人还怎么做栋梁？而且，这里根本没有学校，儿子很快就到了要上学的年龄，到哪里去上学？张二昆认为她所说的一切都是有道理的，但是他没有向领导打报告，甚至在段长来工区找他谈心时，他也没有好意思提出来，因为他是段里连续七年的劳动模范。一个劳动模范怎么能离开艰苦的地方，到山外边寻求安逸呢？

妻子离开的这一天晚上，张二昆喝了半瓶酒，喝得噢的一声，从嘴里喷射出一条食物的弧线后，用手背擦擦嘴，迈开大步在山里边转。直到太阳重新回到岚溪，他才睁着一双布满红丝的眼睛回到那三间普通的工房。躺在床上的小国栋被他的醉态吓得一声不敢吭，可怜地将眼睛眯成一条缝，看着父亲提着养路工具走出屋子。

从这一天开始，小国栋的父亲张二昆就经常喝酒，难得的是他喝醉后从来不发酒疯，而是到屋外面去转悠。于是，小国栋就在父亲的转悠中长大了。因为小国栋白天很难见到父亲，父亲要去养路、巡路，在险峻的山里是不能带儿子的，他就把屋门反锁着，把一天要吃的东西放在桌子上。长久的寂寞的环境造成了小国栋从小不知道什么叫寂寞,所以父亲把他反锁在家里,他并没有感到什么不正常,反倒觉得很自然,没有人和他说话,他就经常自己和自己说话,有鸟飞过来,他就看着鸟。鸟的叫声飘过来,他就跟着学。他最喜欢的事情就是客车从门前经过,因为车上总有不少人,虽是匆匆而过,但他毕竟还是可以看到几张人的面孔的,还可以听到人的声音,有一些清晰的句子从火车上飘下来后,他就一遍又一遍地重复这样的句子。

就在小国栋的第七个秋天来临的时候,小国栋的父亲张二昆在一个闷热的晚上接到段长的电话,说是段上在五里外的明冲小学争取到五个名额,让小国栋和局外几个工区的四个孩子到明冲去上小学。

张二昆被领导的关怀激动得半天说不出话来,放下电话后好大一会儿他才离开电话机,走到已经上床的儿子国栋面前,深情地看着儿子的面孔,"娃,你能上学了。"他大声说。但是国栋并没有激动,只是转过脸来漠然地看了父亲一眼。父亲愣了一下就再也没有吭气,心里就悔,悔自己长久以来认为这里的孩子是不可能上学的,所以他从来不给儿子说上学的事情,加上周围并没有上学的儿童,使得小国栋对这能使他的命运发生根本转变的事情一无兴趣。父亲又看了看儿子那双淡得没有一丝光亮的眼,叹了一口气便习惯地蹲到了墙角里,背对着儿子,面对着一群酒瓶子。嘿！他自言自语道，今日高兴，喝酒。

但他喝了一口就又放下了酒杯，这是他上了酒瘾以来第一次只喝了一口就放下酒瓶子，因为他想到了一个很简单而又很实际的难题：儿子十天以后要到明冲去上学，谁去送他？自己和另外两个同事是不可能的，三个人的工作已经排得很满，不可能有一个人有些微的空闲，而这里又不可能出现第四个人。

张二昆转过身来看着儿子，儿子，你能自己去么？但他只能在自己心里问，因为这一段路上有狼，他们在巡道中多次遇见，在这人烟稀少的地方，狼见了人并不躲开，而是一动不动地瞅着面前的人。他们每次都弯下腰来，狠劲地敲一下铁轨，狼才懒洋洋地走开。

儿子应该也是会敲铁轨的。但是，狼见了这么小的儿童，敲一下铁轨狼就能走开么？万一……他不敢往下想，他也不敢再喝酒，而是带着一颗激动而又忧愁的心，到屋外去转悠。

三星西斜的时候，他才走进屋子，手上牵着一根绳子，绳子的另一头系着一条狗。狗是他从山那边的一个朋友那里牵来的，他想让狗代替他护送儿子上学。

狗显然对他和他的屋子表现出陌生和反感，就呜呜地叫，叫声中明显地带着哭一般的绝望。他连忙从墙角里拿出一只馒头来给狗吃，但是狗连看一眼馒头都不看，只是一声接一声地叫，叫声在静谧的夜晚显得很亮很高，睡在另外两个屋中的两个青年自然被惊醒了，就躺在床上喊："是要吃狗肉么？夏天可不是吃狗肉的时候！"

他立即解释说，让狗代替他送儿子上学。

两个年轻人就再没有吭气，过了片刻，他听见了一声叹息。

他明白这叹息的全部内容。他深深地吸了一口气，在狗的面前蹲了下来，你要吃肉么？你就是要我的肉我都割给你吃，只要你乖些，好好地送我的儿子上学。

他没有想到，他的儿子小国栋已经起来了，而且笑吟吟地走到狗面前，伸过手就去摸狗的脖子，他还没反应过来，狗已经朝国栋龇出了牙，但是国栋并没有对狗的威胁感到害怕，竟然又伸手去摸狗的鼻子，实在忍无可忍的狗就猛然朝他的手张开了大口。好在张二昆手里还牵着狗绳子，他猛然一提绳子，狗就被提到了半空中，狗绳子深深地勒进脖子里，狗的叫声立即凄惨而又微弱，四只爪子在空中扑扑乱蹬。

小儿子大声叫起来，爸！爸！狗要被勒死了。

张二昆还从来没有听儿子这样大声喊叫过，竟不由自主地松开了手。

狗刚一落地，小国栋竟然猛地朝狗扑过去，伸胳膊抱住狗的脖子，脸蛋贴在狗的头上，一只手在刚刚被勒的地方轻柔地抚摸。所有这一切动作，是那样的自然和谐和及时，张二昆本想把儿子拉开，儿子却在一瞬间完成了这一切动作。令他吃惊的是，这长着一副狼相的大黄狗竟然没有再咬国栋，而是被小国栋陡然而至的亲热融化了，嘴里出现了轻柔的声音，尾巴也轻轻地摇起来。

张二昆笑了。他一路上所担心的问题被儿子在刹那间解决了，看着儿子和狗继续亲热，他轻轻地松开了狗绳，一屁股坐在了床沿上。他想，儿子见的东西太少了，见活着的东西就更少，所以一见这条狗就爱上了它，假如他拉回来的不是一条狗而是一条狼，他也会对狼表现出这样的亲热：他对任何活着的东西没有成见更没有恐惧。

儿子，可怜的儿子！

他又想喝酒了，儿子和狗刚刚离开那个墙角，他就走过去，蹲在了那一群酒瓶跟前。待儿子和狗玩得难解难分的时候，他已经从那群酒瓶面前的小木凳上溜了下来，歪斜在长着绿色苔藓的潮湿的墙角，嘴里响起粗重的鼾声。

小国栋给他心爱的黄狗取了个名字：狼。他和他的狼在岚溪美美地玩了十天，从第十一天的早晨开始，小国栋就领着他的狼走向岚溪东面的山坡，他们总是在曙光刚刚飞上山头的时候，出现在山头的曙光里。小国栋没有山外儿童的浪漫，他不知道在这美丽的时刻应该唱一首好听的歌谣，黄狗在他唱的时候叫上一声两声就会生出许多激情，他只是默默地走过山岗，黄狗也跟着他默默地走过山岗。夕阳西下的时候，他又会和黄狗出现在山岗顶上，依然是默默地，一声不响地朝着家的方向走。走到家以后国栋的第一件事情就是找吃的，找来吃的东西后，他总是先给他心爱的黄狗，待黄狗吃饱了，他才吃，吃完了就睡，而且不让黄狗离开他，黄狗就乖乖地卧在他的床边。第二天早晨他醒来的时候，黄狗总还卧在他的床前，并且在他起身穿衣服的时候也起来，四只爪子前后蹬着，伸一个长长的懒腰，然后就朝他摇起尾巴。

　　日子就这样一天一天重复着，秋天就在这样的重复中过去了，冬天紧跟着过来了，就在冬至过后的第七天晚上，一场大雪悄无声响地落了下来。第二天早晨，小国栋要和黄狗去上学的时候，岚溪养路工区门前的平地上，积雪已经有了近一尺厚。门是小国栋打开的，他看见一望无际的雪以后，只是愣了一下，就朝门外走。黄狗站在他的身旁，在他发愣的时候鼻子朝雪里蹭了一下，当小国栋朝雪里迈出步的时候，黄狗就猛然朝雪地里冲去。

　　这时候小国栋的父亲正在铁路线上巡道，另外两个叔叔正在睡觉，鼾声从门缝中射了出来。

　　雪已经被冻硬了，小国栋一踏上雪地，被踏裂的冻雪就"嘎吱嘎吱"响起来。随后，屋子里的一个鼾声停了，变成了一声喊："别去上学了，小心狼吃了你！"

小国栋循着声音看了一眼，没有说话，这声音就又变成了鼾声。国栋就在重新响起的鼾声中复又迈开了步。雪虽然已经停了，也没有刺骨的风，但是路已经完全看不见了，好在这是每天走的路，国栋闭着眼睛也能走，但毕竟是在山区，道路凸凹不平，而雪将这一切掩埋了，你稍不留神，一脚踏偏了，就可能陷进一人多深的雪坑里。

小国栋却没有这些担心，因为黄狗在他的前面，雪虽然已经贴到了黄狗的肚皮上，但是黄狗依然比国栋走得快，而且走几步就朝后看一眼，看见小国栋就要跟上它了，它才又欢欢地朝前走。

这一天小国栋是在早晨9点24分到达明冲小学的，他气喘喘地走进学校，以为自己迟到了，准备挨批评，却受到了表扬。因为他走进教室的时候，看见教室里空无一人，回过头来的时候，他看见他心爱的黄狗在狠劲抖着身上的雪，一个老师从黄狗后面快步走了过来，脸上满是惊讶的表情，嘴里不停地朝他说着表扬的话，小国栋就是从这些表扬的话中，才听出整个学校只有他一个人赶来上学的事实。小国栋在这些表扬的话中笑了，然后回过身，抱住了他的黄狗。

老师让小国栋回去，小国栋不回，说好不容易来了，就在这里复习昨天的课吧。话说得很朴素很恳切，然后又切切地望着老师。老师在国栋的目光中推了推眼镜，然后反过身，回到他的寝办合一的屋子，拿出了课本和粉笔。紧接着，空荡荡的教室里只有一个老师和一个学生，老师上课，学生听课，老师讲得很认真，学生听得很认真，学生的身旁卧着一条狗，狗一声不响，很安静。

小国栋是在下午的时候返回家里的，路上的雪依然没有化，反倒冻得更硬一些了，走在上面，嘎吱嘎吱的响声就更加强烈，还是没有风，只是空气更加寒冷了，小国栋和他的黄狗在走动中呼出的气就变成了长长的白雾。黄狗依然在前面跑着，小国栋在后面跟着，翻过一道山梁时，黄狗突然高叫起来，小国栋抬起头朝前面看，一条真正的狼，蹲在一棵松树旁边，朝他们这里张望。国栋发现狼的身子很瘦，许是好几天都没有吃东西，在白雪的映照下，狼身上的毛显得很长很乱，说明这是一只善跑的饿狼。小国栋不由有些胆怯，因为这几个月来，他们很少见到狼，就是见到了，由于他和他的黄狗在一起，狼就远远地躲开了。而这只狼没有躲开，并且毫不胆怯地蹲在他们的必经之路上。虽然他知道他的黄狗为了保卫他会毫不犹豫地朝这只野狼扑去，但他更知道野狼在饥饿的时候是英勇无比的，自己心爱的黄狗不一定是这只野狼的对手。所以他站住了脚,而且喝叫他的黄狗,让它安静地立在他的身边。

平时被他亲切地叫作狼的黄狗似乎很不愿意在这个时候当懦夫,就在他身边焦急地摇晃身子,而且用嘴巴在他的脚脖子处拱,想让他发话,让它冲出去,咬那只胆敢横在他们行走的路上的狼。

但是小国栋主意很正,他坚持让他的黄狗蹲在他跟前,他也站在那寒冷的雪地里一动不动,因为他知道,他如果往后退了,那野狼就会认为他胆怯了,很可能会冲过来。而如果他朝前行,就会不可避免地引起一场胜负很难预料的撕咬,最好的办法就是这样僵持着,过一会儿,野狼不耐烦,就会走开。

但他怎么也没有想到,那只野狼根本没有离开的意思,天色眼看着暗了下来,再过一会儿,天黑了,野狼如果把嘴巴拱在地上叫一阵子,就会引来一群狼……

小国栋不禁打了一个寒战,黄狗在他打战的时候往他的腿上一拱一拱,他心里猛然一热,弯下腰来,抱住了他的黄狗。

这一抱抱出了他的灵感:他和他的黄狗寸步不离,直着朝前走,野狼如果敢过来,黄狗扑上去咬,他用书包打,狼怎么也不会是对手。

于是他从书包里掏出黄狗的缰绳,牵住黄狗的项圈,让黄狗紧贴着他的腿，一步一步地朝前走去。

野狼越来越近了，野狼一直盯着小国栋，小国栋也一直盯着那饥饿的狼，就在小国栋已经能够完全看清楚野狼嘴边的胡须时，黄狗勇猛地朝野狼吠了几声，野狼在黄狗的吠声中缓缓地站了起来，这是野狼要行动的前奏，许是要走开，许是要进攻。小国栋禁不住紧紧地抓住了书包的带子。

正如小国栋所预料的，这只饥饿的狼是不会轻易走开的，就在小国栋离它只有一丈远的时候，它猛然朝小国栋扑了过来。

自然是黄狗先冲了上去，小国栋已经完全忘记了自己是怎样松开黄狗缰绳的，当黄狗和饿狼咬成一团的时候，他把书包抡起来好几次未能打下去，他害怕打着自己心爱的黄狗。就在饿狼猛然跳开，要舍开黄狗而直接扑向小国栋的时候，小国栋的书包才准确地落在了野狼的腰上。

他打得很准确，父亲和叔叔都说过，狼是铁头肉腿豆腐腰，打狼就要打腰和腿。他打得很用力，所以将狼打得猛然扑倒在地上，黄狗就在野狼扑倒的时候，不失时机地冲了上去，咬住了野狼的脖子。

但是小国栋没有看见这一幕，因为他用力过猛，身子一个趔趄，朝一侧跌倒了。跌倒的地方看似平地，其实是一个大深坑，小国栋一倒在上面就陷了下去。还没待他反应过来，他已经到了坑底，他只能听见他心爱的黄狗在上面和那只野狼撕咬，却一动不敢动，这也是父亲和叔叔们告诉他的常识，因为在雪窝子里，稍一动弹，雪塌下来，他就会被雪埋住而断了呼吸，虽然离上面不远，他却再也出不去了。

他就静静地伏在雪窝里，好在雪已经冻硬了，他掉下来的地方呈现出一个不规则形的洞，洞中透进来微弱的光亮，他心爱的黄狗和那只饿狼的撕咬声也从这个洞口传进来，他真想上去帮助他的黄狗，却苦于不能动弹，他抬起头来，想看看黄狗在和狼的搏斗中是否占上风，但根本不可能看见。他就从声音中判断，但是撕咬的声音越来越远，后来就一点也听不见了，他的心不禁扑扑跳了起来，狼……他在心里呼叫他心爱的黄狗的名字：狼……

天色完全暗了下来，他只能从洞口看见天空中微弱的蓝，他觉得自己快冻僵了，他就往手上哈气，后来，哈的气也已经没有热量了，他就不再哈，而是看着自己的双手。我会死么？他问自己，但他没有回答，而是想到了他的黄狗。狼……他又在心里叫，就是死，咱俩也应该死在一块儿……

就在这时候他听见了黄狗的声音，心里不禁一喜，虽然黄狗的声音中明显地少了许多气力，但说明黄狗在和狼的搏斗中占了上风，黄狗活着回来了，回到他的身边了，黄狗肯定遍体鳞伤，但是黄狗还是跑回来护卫他。"狼……"他动情地叫着他的黄狗,"狼……"

黄狗用它少了许多气力的声音应着,明显地因为听到了他的声音而增添了许多激动,于是,他叫一声,黄狗应一声,叫得很亲切,应得也很亲切,在这寂静的山谷里,在这一望无际的雪野里,一遍又一遍重复着。他没有注意到,他的手指头已经伸不开了,他已经完全忘记了寒冷,他只是和他的黄狗呼应着、亲切着。

夜半时分,父亲和叔叔赶来了,父亲提着铁路工人用的大手电,黄狗看见父亲以后亲切地呜咽了一声,但父亲没有理睬它,而是凭着他的经验,迅速地将绳子垂进洞里,喊着让小国栋拉住。小国栋这才知道自己的手已经冻硬了,绳子虽然在面前,他已经无法抓住了,"爸……我抓不住了……"他的声音颤抖着,"爸……我……"他呜呜地哭了起来。

"哭,大声哭!"父亲在上面喊着,把绳子绑到腰上,两个叔叔在上面抓住绳子,父亲顺着洞溜了下来,猛然抱住了他,才将他救了出来。

"狼……"他一上来就呼叫他的黄狗,这才发现他的黄狗被那可恨的饿狼咬伤了左后腿,右边的耳朵也被那可恨的东西咬下了一大块,呈现出一个半圆形的豁口,"狼……"他又哭了,和他的黄狗依偎在一起,"狼……"

半个月以后,他和他的黄狗又出现在上学的路上,他的体力尚未完全恢复,黄狗的体力却已经完全恢复了,只是耳朵上留着一个缺口,永远地记忆着那次你死我活的搏斗。黄狗在他的前后欢欢地跑,像过去一样。所不同的是,过去他一路都是默声不响的,而如今,他走几步,就会轻轻地叫一声:"狼……"狼就亲切地往他面前跑一下,然后又欢欢地跑开去。

后来就放了寒假,不用再去上学了,小国栋和他的黄狗突然有些不习惯。起床后,他俩常常相跟着,到雾气弥漫的岚溪外面去走走,有时就走上那架山,走到那一天他俩与狼进行生死搏斗的地方,他看看他的心爱的黄狗,黄狗看看他,然后他就坐下来,常常一坐就是几个小时。

过春节对岚溪养路工区的人来说,是无所谓的,对小国栋来说,显得很模糊,因为在这没有任何文化娱乐的地方,春节只是一个普普通通的日子。

但这一年的春节,突然让岚溪养路工区的所有人都激动起来,因为小国栋的一个叔叔从山外探亲回来,背回来一台彩色电视机,为了解决大山遮挡信号问题,叔叔同时带来了一大捆馈线和一根样子奇特的铝制天线。大年三十的晚上,山外的人大都是坐在电视面前,看着春节联欢晚会过一夜,岚溪的人自然也想这样奢侈一回。天还未黑,一个叔叔去巡道了,小国栋的父亲背着馈线、拿着天线朝山上走去，小国栋和另外一位叔叔守在电视机前面。馈线的一端接着电视机，电视机里是一片雪花和杂乱的声音，父亲举着天线走到能接收到信号的地方，电视机里自然会出现画面。小国栋和叔叔就一直盯着电视机，他的心爱的黄狗显然也被这新奇的玩意儿吸引住了，也目不转睛地看着电视机屏幕。

天很快就黑了，电视机里的雪花点就更加稠密，响声也更加杂乱，小国栋的叔叔就说，"快了，快了，黎明前的黑暗，越是乱越说明快了。"说着把信号灯放到手边，因为他们分手时约好，如果这边看见图像了，就朝山上打一个红艳艳的信号，山上的人就停下来。就把天线支在那里，如果需要把天线往左边扭，就打黄信号；如果需要往右边扭，就打绿信号。

这时候天上下起雪来，雪不大，纷纷扬扬的，上次的雪还没有化光，新的雪落在上面，依然是白色的，冰冷的空中有了更加冷的东西，落在一张张渴望看到图像的人的热脸上，就显得更凉。

时间过去很久很久了，电视机里依然是那令人烦躁的样子，小国栋估摸着时间，就是从山上打一个来回，时间也完全够了，他就对叔叔打了一个招呼，然后领着他心爱的黄狗，一溜小跑朝山上奔去。

雪本来下得很静，但是他们一跑，雪就扑到了他们的脸上，冰凉。小国栋一边跑，一边伸手抹去脸上的雪。他的黄狗一直跑在他的前面，跑一段就朝前面汪汪地叫两声。

终于到达山顶了，黄狗跑到一团白色的物体前摇起了尾巴，小国栋跑过去一看，才知道那是他的父亲张二昆。

父亲一直朝山顶上走，边走边绽着背在肩上的馈线，并且把天线高高地举在手里，走一段就回过头来看看，看看山下边是否打出那激动人心的艳艳的信号，但是一直没有等到，直到他把馈线放完了，山下边依然是一团漆黑，面对山下，他长久地发着呆，他清楚，今年的春节联欢晚会，他们是怎么也看不到了。他在纷纷扬扬的雪中悲哀着，他觉得很累，就坐了下来，任白雪往身上落着，颓然地看着山下，直到小国栋来，他也没有激情站起来。

"爸……"小国栋高叫了一声，扑向了爸爸。爸爸没有吭气，只是伸手把他抱了起来，他一切都明白了，就再也没有说话，只是把脸贴在爸爸的脸上，这才发现，爸爸的脸上，垂有两行刚刚淌下来的热泪。

春节就这样过去了。

日子就这样一天一天地继续着。

春天快要结束的时候，小国栋听说，从大铁路局下来一位领导，沿着整个大巴山铁路线走了一趟，并且和工人同吃同住同劳动,体验到了山区工人的辛苦和艰难,回去后就批了一个文件,让铁路局拨出专款,解决边远山区铁路工人日常生活和文化娱乐的困难。此后不久的一个下午,小国栋放学回来,刚刚翻过那道山梁,便看见岚溪养路工区简陋的房顶上,卧着一个铁锅形的东西,还有几个陌生的人在那儿忙来忙去。他心爱的黄狗一看见,就高声叫着冲了过去,小国栋叫了一声,它才很不情愿地跑了回来。

一到家,小国栋才知道,那铁锅一样的东西是卫星电视天线,晚上,他们就坐在屋子里,看到了清晰的电视节目,不但收到了中央台和附近的几个省台,而且收到了香港台。这一天晚上整个岚溪养路工区的人都没有睡觉,大家都守在电视前面,津津有味地看着电视里的节目,黄狗竟然也安静地卧在小国栋跟前,直到曙光从窗外流了进来。

这一天小国栋在上学的路上显得很快乐,竟然一反常态,把在学校学到的歌唱了两遍,黄狗对他这反常的哼唱也做出积极的反应,猛然跑出去很远,又猛然跑了回来。

这一天晚上小国栋回家,竟然发现屋门前那斑驳的红漆不见了,出现了一行美丽的宋体字:岚溪养路工区。父亲的脸上红着一片酒色,摇摇晃晃地走过来告诉他,原来就有这么一行字,现在又有了。

生活在发生着急骤的变化,第二天早晨,小国栋一醒来,父亲告诉他,今后再也不用走路去上学了,领导考虑到了养路工人的难处,派一辆生活供应车来,每天早晨,将国栋和另外几个养路工区的四个孩子接到学校去。

小国栋自然很高兴,禁不住咧开了嘴,笑吟吟地走出了屋门,黄狗像以往一样紧紧跟着他。他刚刚走到铁路线跟前,生活供应车就从山那里开过来了,他这才意识到他要和他的黄狗分别了。"晚上见!"他朝他的黄狗喊了一声,就跳上了那无比亲切的生活供应车。

黄狗也一跃跳了上来,已经坐在车上的几个同学吓得哇哇大叫,司机叔叔大声喊着让他把狗撵下去,他才依依不舍地把黄狗推了下去。"晚上见。"他又对黄狗说。但是黄狗不听,黄狗依然跟着生活供应车跑了很远,直到翻了那个山包,他才看不到他的黄狗。

但他怎么也没有想到,他刚刚在明冲跳下生活供应车,他心爱的黄狗吐着长长的舌头朝他跑了过来,他激动极了,一边朝黄狗跑过去一边叫:"狼!你跑、跑过来咧!"一伸胳膊将黄狗抱在了怀里。

晚上放学的时候,他的黄狗依然在校门口等着他,他上了生活供应车,车开走了,黄狗跟着车跑一段,然后就拐上山头,跑上他和黄狗平时走的路,当他在岚溪养路工区门前跳下生活供应车的时候,他的黄狗又吐着长长的舌头跑到他的跟前。

"狼……"他亲切地叫着,禁不住伸手在呼呼喘着的黄狗的身上上下抚摸。

他心里快活极了,就踏着暖暖的空气到屋里去做作业。平时在这个时候,黄狗就自己在岚溪里跑着逮野物吃,等到他做完作业时,黄狗就吃饱了,一边舔着嘴,一边走到他的身边。

但他在暖暖的空气里还没有做完第二道作业,就听见屋外响起黄狗的一声凄惨的叫,他心里猛然一紧,放下钢笔就跑了出去,便看见他醉醺醺的父亲和一个叔叔,用一根绳子将黄狗的脖子套住,往一棵树上狠拖。

他立时气得浑身发抖,"放开!"他大叫一声,就朝父亲扑过去。

"滚!"父亲一甩手把他推倒了。

"爸——"他哭着爬起来抱住了父亲的腿,"求求你,放开狼……"

爸爸放开了抓狗的手,却死死地抓住小国栋的手,对那个叔叔大声说:"吊!把绳从树杈上撂过去,吊起来拴紧,给它嘴里灌水!"

小国栋发疯了:"爸,你不是人!"他第一次这样骂爸爸,同时狠着劲儿挣扎，想从父亲手里挣开。

父亲不但没让他挣开手，而且把他按得蹲下了，嘴里喷着酒气说："再不听话扇死你！"两只发红的眼瞪圆了，看着国栋，"娃，你知道么，现在养着它，一点用处都没有！它多活一天，还多吃一个人的口粮……"

"胡说！你胡说！"小国栋暴跳如雷，他狠着劲想挣脱父亲的手，却被父亲抓得更紧了，眼看着黄狗被那位叔叔拖上了树，黄狗的身子已经离开了地面，黄狗的叫声一声比一声弱，一声比一声惨，他急了，急中生智，猛然朝父亲的手上咬了一口，父亲"啊"的一声松开了他，却一巴掌把他打倒在地上。

他什么也顾不上了，猛地爬起来，朝着吊狗的树冲过去，父亲却横在他的面前。

"狼……"他大声哭叫着，他知道自己不可能冲过去救他心爱的黄狗了，他悲哀到了极点，一反身跳下山坡，猛然趴在了铁路线上，用手捶着铁轨，大声哭喊，"你叫狼死，我也不活了！"

父亲和叔叔万万没有想到，小国栋会来这么一手，他们知道，过几分钟就会有一列火车开过来，他们跑下山坡拉国栋已经来不及，无奈之下，他们只好放下了黄狗。

黄狗一跃跳起来，跑下山坡，跑到了小国栋的跟前。

"狼……"小国栋和他的黄狗紧紧地抱在一起。

山坡上站着父亲和叔叔,叔叔的手里还提着那根绳索。

小国栋看了看父亲和叔叔,就领着他的狼,越过铁路线,朝大山深处走去。

"国栋……你、你往哪儿去?!"父亲叫他。

他不回头,也不吭声。

"小国栋……"叔叔叫他,"你回来,我再不弄这狗了。"

小国栋依然不回头。他和他的狼一步一步朝远处走去,一步一步走进浓重的雾霭里,片刻之间,山岚就淹没了他们的身影。

"国栋!"父亲和叔叔追过去,到了密布的云雾跟前,却不知道往哪里走,因为下山的路很多很小又很崎岖,不说不一定能找到国栋,就是找见他了,他为了躲避他们,很可能会失足掉下山沟。

"国、国栋……"父亲喃喃道,"你,你知道不,狗的口粮,每个月占了爸十几块钱工资呢!"说着,伸手抹着脸上的酒红。

叔叔看着浓雾:"大巴山恁深,他往哪里走?他晚上总会回来的,不说别的,就那电视,也会引回来他,他最爱看电视。"

父亲就坐在浓雾上面的石头上,叫叔叔回去了:"我等,我一个在这儿等,我……"父亲声音越来越低,低下了头。

晚上很快就来了,电视机早已开了,小国栋和他的黄狗却没有回来看电视。一直到了后半夜,父亲才急了,拿着手电和信号灯跑进雾霭,几乎跑遍了所有小路,也没有找见小国栋和他的黄狗。"国栋——"父亲在山里一声又一声声嘶力竭地喊,却没人应。后来,父亲的嗓子喊哑了,哑着嗓子喊:"狼!你跟国栋一块儿回来,狼!我再也不那个了……"

直到这时,父亲才听见在云遮雾挡的岚溪最底部,在他们从未敢涉足的地方,响起了黄狗的声音,还有小国栋的回应:"爸,你说话得算话!"

"算话算话!"父亲迫不及待地叫。

话说到这儿,太阳从西边山顶落了下去,山后面不知不觉地飞起金黄色的光,岚溪里的云雾也被夕阳的余晖映成了金黄色,跟我说话的工人,还有和我同行的朋友,脸色也镀了金一般地成了金黄色,工人突然停住说话,侧脸看着远处。

顺着他的眼睛望去,我看见一个个子很高,手很大的男人顺着铁道走过来,时不时在铁轨上敲一下,一条黄狗很欢势地在他身边撒欢。

"噢。"我明白了,我说,"这就是那、那个狼?"

工人却没有回答我的话,说:"这会儿,岚溪那边,风景最好。"

崤阪石茶

我在郑州有几个茶友,不管哪一位得到好茶,都会约大家去品。开始几回,有点华山论剑的味道,先弄暗了灯光,让环境神秘着,再将沏好的茶用紫砂杯盛了端上去,大家就看不清茶的颜色,然后让大家品,品一口就要说出茶名和产地。好在大家都是茶中将军,茶杯到手,先眯了眼睛,不急不慢地吸着闻着从茶杯口飘出的香气,这一吸一闻,就辨个差不多了,然后睁开眼睛,看着杯子斜了,看着茶水斜到了杯子边缘,虽然看不清茶的颜色,却辨清了茶水的浓淡清黏,对应刚才吸闻后的结论,心里就有个八八九九了。然后凑过嘴去,小小呷一口,在口中三回六转,缓缓入喉。待口中只剩下茶香的时候,屏气片刻,做最后一次辨认。在我的记忆中,这最后一道程序,几乎都是对前面结论的肯定,但也有人是在最后一道程序中否定了前面结论的,这就说明前面的程序中,他有哪一道疏忽了。好在这许多年来,我们几位在品茶中还没有报错过茶名。但这种神秘的、类似于大考的品茶过程大家很喜欢,不但保留着,而且发展着。到了去年下半年,就发展到了品一口茶,大家不但能说出茶名和产地,甚至能说出茶叶的采摘时间、炮制过程和储存方法。

十几年过去了,这几位朋友不但事业有成,喝茶的名气也像墨汁滴在生宣纸上一样,渐渐地渲染开来,在茶界有了一定影响,弄得好几家讲究茶文化的茶馆,以请到我们几个茶将军喝茶为荣。茶老板甚至会连吹好几天,某某某那一日在我这里喝了一下午的茶!自然有不信的,茶老板就会拿出照片:没有茶将军的功夫,能喝到这个成色?!

其中一张照片拍的是我,有一天却到了我手里,我看了半天说不出话来,我不得不佩服摄影者高超的抓拍功夫,因为照片上的我,活脱脱一个酒鬼正在吸咂杯中的残酒。于是我自嘲地在照片背后写了两个字:"茶鬼"。

今年春节前,我得到一粒非常珍贵的茶。按说茶是不能论粒的,应该论片,但是我这粒茶的大小、形状和颜色,都活脱脱一粒稻谷。这样的奇茶是绝不能自己独享的,于是我挑了一个阳光很好的下午,将大家约到那家把我拍成茶鬼的茶馆。

朋友们依然是一往喝茶的装束。博览群茶、出版过《九州茶考》的茶将军穿着西装。用他的话说,凡品好茶,若会情人,须着盛装,以示对对方的尊重。另一位茶将军是我们几位中口才最好的,他依然穿着他那身棕色中式盘扣衫裤,甚至连鞋也是圆口布鞋,他认为品茶是中国文化中不可缺少的一部分,所以里里外外都应该是传统装束，从而使衣与茶形成呼应。第三位茶将军头梳得很光，戴着擦得很亮的金丝眼镜。他每每品好茶，必然在家中浴屋焚上檀香，待香气充满浴屋时，他才进去沐浴，仔细沐浴过后，又让香将身体熏透了，才穿上衣服。他说他品好茶不是从茶屋开始的，而是从浴屋开始的。

我让茶老板打开西边窗户最大的屋子，拉开窗帘，将西边的窗户打开，让阳光浩浩荡荡地从窗口泻到屋里的茶桌上，然后我从提包里拿出一只小小的茶叶盒，打开盒盖，却看不见茶，只见一团金色丝绢。我将金色丝绢小心地抽出来，放到铺满阳光的桌面上，一层层展开，当最后一层丝绢揭开后，在阳光里流淌着金色的丝绢上，出现了那粒茶，那粒无任何光彩，安静地卧在丝绢上的茶。

"这是茶？"穿西装的茶将军问我。

浑身散发着檀香气的茶将军推了推金丝眼镜："你没有搞错吧？"

"当然是茶。"我说，"不但是茶，而且是茶中极品。"看看大家，"我知道大家连见都没见过，所以也不用搞得那么神秘兮兮地让大家猜。"遂招呼已经看得两眼发呆的茶老板，"准备一硬一软两壶滚水，拿一只干净的带盖茶碗来。还有，将桌子上的紫砂茶具撤走，换上玻璃茶杯。"

"老中老中！"茶老板欢欢出去。

屋里的侍茶小姐立即更换茶具，一水儿的透明的玻璃杯摆到了我们面前。

茶老板很快来了，身后跟着一个侍者队伍，两个小伙子各提着一壶咕嘟嘟冒着白气的开水，一溜儿村姑打扮的小姐手里端着各种茶具。远远的地方，还站着一个头发蓬乱的高个子中年男人，手里提着一只照相机。这个阵势又一次让我体会到了茶老板的精明和敬业。

"您，请。"按说茶老板应该通晓各种茶叶的冲沏煮泡方法，但面对这一粒稻谷状茶粒，他却无从下手，咧开大嘴，切切地看着我，声音里透透地洇着诚恳。

"各位，谁动手？"我明明知道，越是懂茶的人，越不敢轻易侍茶，只有知了面前茶叶的身世品格，才敢上水，因为茶不同，水的温度，水的软硬度，盛茶的器皿，冲沏煮泡的方法都不相同。而面前的茶粒，他们一无所知，自然不会轻举妄动。

当然得到的是一片指责声，说我有意卖关子。

这种指责听着很舒服。我就在指责声中从一个小姐手里接过了洗得干干净净的青瓷带盖茶碗，将白色丝绢捧起来，小心地将那粒珍贵的茶粒倒入茶碗。虽然所有的目光都集中到了那粒茶上，阳光中的那粒茶却没有折射出任何灿烂的光芒，甚至没有一般上等茶的清丽，木木地卧在青瓷茶碗里，似乎吸光，似乎吃气。

这就表现出该茶的第一个品质：不惊不艳，若朴玉浑金。

按茶理，水的温度、硬度应该和茶的品格一致，起码和直观品格一致。而这茶直观品格朴实，性情应该温和，自然应用软水、温水缓沏，而且水的温度，最好在65度。

但我却从第二个小伙子手里接过冒着丝丝热气的水壶，遂问："哪儿的硬水？"

茶老板立即回答："伏牛山蜂窝泉。"低了声音，"本来应该储一些南岭的泉水呢，今年忙，没顾上。"

"还行。"我说。就我所知，在河南省内，最硬的泉水就是伏牛山蜂窝泉的水了。用这水熬出的稀粥，外乡人喝一碗，不再吃东西，一天都不会有饥饿感。

提水的小伙子惊奇地问我："你也不问，咋就知道我提的是硬水？"

我笑笑："茶将军和酒博士一样，第一学问是认泉识水。凡称得上茶将军的，从蒸汽上一眼就能辨出水的软硬。"说着将依然冒着白气的水壶斜了，一股白水从壶口轰然泻向青瓷茶碗，将那粒茶冲动了却没有冲起来，一汪水就将那茶埋了。这时候屋内鸦雀无声，所有的目光都集中在茶碗里，但我不能等到大家看清楚,就立即盖住茶碗,说:"茶理所需,即冲即盖。"

其实这是一句多余的话,所有的茶将军都知道这一点,为求一盏好茶,不惜得到许多遗憾。

在冲茶的过程中我听到了几声金属的摩擦声,我知道是那位头发蓬乱的中年男人按动了快门。很好,这样名贵的茶,难求难遇,就应该全景记录。

我数着自己的心跳,数到九下,就端起茶碗,按着碗盖,让茶水从碗盖与碗壁之间流淌出来,泻向五只玻璃茶杯。

在明亮的阳光下,五只玻璃茶杯里的茶水呈现出橙黄的颜色,满屋里顿时飘荡起大雨初霁时山野里游蕴的青草气息。

"好了,"我说,"先品茶壳。"

五只手伸向茶杯,小心地端着,鼻子前凑,深深地吸尽杯中的茶香,然后才伸过嘴唇,细细吮呷。

我当然也不能错过这个时机,凡饮好茶,必先饮其气。

杯中的茶水须小呷四口才尽,但我只能小呷一口,因为青瓷茶碗中的茶不能等了,须软水沏泡。

"苦,从没尝过如此美妙的苦。"穿中式盘扣衫裤的茶将军眯着眼赞叹。

"苦中有雪味……"戴金丝眼镜、身上带有庄重的檀香味儿的茶将军说。

著过《九州茶考》的茶将军接住他的话:"不是一般的苦雪味儿,是凌冽的苦,凌冽的雪。"

说得对,感觉更对。我在心里说,因为我来不及说话了,我要精心用软水沏第二道茶。

我从最前面的小伙子手里接过依然冒着热气的软水壶,猛然揭开茶碗的青瓷盖,就见那一粒茶的黄壳儿已经裂开,仅仅是裂开,一丝丝湿润的橙黄,依然包裹着茶心,但却可以看见茶心的颜色了,绿,依然不惊不艳的水绿。

这是绝对珍贵的瞬间景观,可惜几个茶将军不能欣赏,因为他们的注意力,全在品茶上。

好茶的冲沏时间非常讲究,若不立即泡上软水,那一丝丝橙黄的壳,就不会在第二道软水中开绽,在第三道软水中蜕开。所以我不能等朋友们观察这瞬间的、冲沏过程中的、稍纵即逝的美景。好在有那个头发蓬乱的中年男人摄影,我已经听见了快门的几声开合。就在这清脆的声音中,我将软水倒在了茶碗里。

软水更没有将茶粒冲起,还是将茶粒埋了。

其实几个纯水公司的纯净水就是比较好的软水,但是我从沏泡时水流飘散出来的气息和入碗时水漩的波纹中发现,这不是纯净水,而是雪水。再准确一些,应该是在十二月那场雪下了三小时后,从黄河南岸阳坡中采集的新雪。因为这时候天空中已经没有任何杂质，北来的风也吹不到背风的阳坡，所以这天然的纯净水赛过任何软水。不错，这个茶老板今天真是重视我的茶了，否则他绝对不会将最好的硬水和软水都拿出来伺候我的茶。我不禁斜了茶老板一眼，立即盖上茶碗盖儿。

他们应该正在品第四口。

我不能再错过时机了！立即端起茶杯，品第二口。

其实呷了第一口后，那独特而美妙的清苦就留在我的口中，我在冲泡着第二道水的时候，那独特而美妙的清苦在我口中渐渐变淡。我知道这是不应该的，我应该在变淡前就呷第二口。

但大家都不懂这茶，无从下手，只有我来沏茶，我又不能误了沏茶时机。

虽然如此，我还是不能急躁，品茶的基本要求是心静！所以我用嘴唇贴住茶杯边缘，轻吸微吮，呷下了第二口，然后眯起眼睛体会。

对呀，他们说得对，他们没有沏茶的事缠心，他们的体会更准确：凌冽，凌冽的苦雪味儿。

茶屋里依然鸦雀无声。

等我呷了第四口，杯中已无一滴茶的时候，我依然眯着眼睛，我感到浑身浸透了那凌冽的苦雪味儿，我感觉到自己站在雪地里。似乎有风吹来，风是凉风，却不让人感到冷，反而感到凉爽,站在雪地里感受到酷暑时节才会有的清风,绝非人间能有。

我将眯着的眼睛闭住了,我知道口中的茶味儿还要变化,要由清苦变成清香,仔细地体会这个变幻过程,是生命中一大快事,不能让任何其他事情分神。

另外几个茶将军茶道都是很深的,他们肯定已经体会到了这奇妙的变幻,他们已经品完了杯中茶,却没有一个人吭气,他们在等着我。

当我感觉到四周的白雪已经渐渐融化,清风也渐渐停息,浑身溶进暖暖的花香中时,我才睁开了眼睛。

几位茶将军和那位对茶文化研究得很深的茶老板似乎看着我似乎又没看,我想他们也被同样的感觉笼罩着。

"这茶……"戴金丝眼镜的茶将军赞叹,"让人飘飘欲仙!"

"这茶……什么名字?"茶老板看来是忍不住了。

我却绕开话题:"该喝第二道了。"

五只玻璃杯子一瞬间摆在了一起,我将茶碗在五只杯子上斜了,让茶水潺潺流下。

"咦呀,"穿中式盘扣衫裤的茶将军惊呼,"变成嫩绿色了。"

"是的。"我边倒边说,"第二道是嫩绿色,茶味儿中的苦更加浓烈,大家不用急着品,更美的奇观在茶碗里。"

话音落时茶已倒完,茶杯上悠荡出缕缕嫩绿色的热气,一时间将从西窗透射进来的阳光都洇成嫩绿色了。

我就在这时候揭开茶碗的青瓷盖儿，就见一团更加稠密的嫩绿色从碗中升腾起来，泼墨一般地进入阳光，让人感觉到整个屋子一下子蕴满了嫩绿色，我们似乎变成了漂浮在嫩绿色泉水中的鱼。

茶碗中的绿色气体全部飘飞出去后，茶粒出现在明亮的阳光里，刚才裂开成丝状的茶壳这会儿分开成黄色的瓣儿，一牙儿一牙儿黄色的瓣儿朝外闪开，酷似一片一片新绽的莲花瓣儿，而在黄色的花瓣状的壳儿里面，是一团汪绿的茶疙瘩，若黄色莲花中绿色的蕊。

"叹为观止！"茶老板叫了一声，抬起手刚要招呼蓬乱头发的中年男人，那人已经按下了快门。

"该品第二道茶了。"我招呼大家，"再不品，苦中最绝的那一味就淡了。"遂将水壶交给小伙子，"下面你来沏。"

这茶来之不易，我也不能错过品尝的机会。

因为我喝过一回，所以这一口我特别重视。

茶是温的，我是缓缓吮进口的，首先让舌尖接触茶水，那特殊的苦碰了舌尖就让舌尖下意识地闪开了，但那苦还是通过舌尖惊心动魄地传遍全身，身上的肌肉禁不住颤抖了一下。这种惊心动魄、这种颤抖是很难体验得到的，所以我立即将舌头平放了，让它充分地接受、体会。当第一口茶全部吮进嘴里的时候,我甚至不忍咽下去,让它在嘴里回旋,让这种惊心动魄的感觉从肌肉一直渗透到骨头里,直到咽喉产生了强烈的吞咽反应,我才不得不让它入胃。

其实入胃后的感觉也是难得的,虽然胃里没有入口时的那种惊心动魄,但胃中的舒服是难以用语言表达的。反应很快有了,身上的一个个毛孔在蠕动。第二口,蠕动在加剧,第三口,蠕动强烈了,等第四口下胃时,这种蠕动让我全身上下产生了两次异常舒坦的战栗。

第三道茶我让小伙子倒,我要安静地欣赏那墨绿色的茶水从茶碗里流淌下来的景致。

"奇!奇!"著过《九州茶考》的茶将军咂了一下嘴说,"三道茶三种颜色,黄、嫩绿、墨绿。奇!揭开谜底吧,到底叫什么茶?"

我一笑,还是绕开话题:"品吧。又是一种感觉。"

小伙子这时候将茶碗盖儿揭开了,惊叫一声:"张开了!"

确实,那黄色的莲花瓣状的壳儿已经展展地铺开在碗底,而那团绿色的蕊,舒展开来,现出三片大小不一的叶尖,准确地说,应该是一片半,因为那最小的一片,仅仅是一尖绒绒的芽。

"就这几片叶芽,"茶老板感叹,"能有恁多苦,不可思议!"

"先别谈感想,"我说,"品完这第三道,再说不迟。"

第三道茶一入口,就让我深切地体会到绵软的美丽感觉,虽还是苦的,但绵绵的苦不同于凌冽的苦,更不同于惊心动魄的苦,苦得温柔,苦得舒服,细细品来,甚至能体会到甘甜。人们常说苦尽甘来,说的是人生体味,但也确有不少植物具有这种先苦后甜的味道,而苦甘同体,一并让我同时尝到的,独有这种茶。

我闭了眼睛,享受着这种绵软的苦甘,就感到浑身上下的汗毛孔里,有细细的汗缓缓地渗出。

体会着出汗的过程是异常美妙的。

当最后一口茶下肚后,我感觉到汗已经出透了,这种透用酣畅淋漓形容,毫不为过。紧接着,通体上下,突然生了难得的轻松感,我甚至产生了强烈的奔腾跳跃的欲望。

"第四道茶……"小伙子问,"可以倒吗?"

"不用了。"我说,"茶品到这里,已经圆满了。但后面还可以喝两道,在我们几个品了前三道的人来说,已属残茶。但你们拿去喝,依然是茶中上品。"

几位茶将军和茶老板几乎都神游在茶的境界里,在西边窗户透射进来的阳光中,他们虽然神态各异,但都沉迷着,额头上都渗出了细细的汗。我的话音一落,他们才不同程度地从茶的天国回到了人间，或睁或闭的眼睛前前后后地都睁开了。

"醉了！"穿中式盘扣衫裤的茶将军大声说，"真真正正地醉了，我这一生，只醉过两次茶，这是第二次，也是醉得最沉的一次。"

"还是最最舒服的一次。"茶老板说，"平日醉茶后，上下不适，这茶却让人醉得浑身通泰。"深深吸了一口气，"我还能喝到这样好的茶么？"

"很难了。"我说。

"我有三点不解。"戴金丝眼镜的茶将军说，"茶水茶水，茶和水难解难分，茶质和水质应该是相辅相成，并且前后一致，为什么你用的水，先硬后软？"

"问得好。"我微笑着说，"其他茶有壳么？没有！而这种茶有壳，而且这个壳异常坚硬，不用滚烫的硬水，不但泡不出壳的奇味，更不能将它破开，大家刚才没有看到，摄影师拍下来了，第一道茶过后，茶壳已经裂成丝状了。"

"那……为什么第二道用软水？"

"这就应了你刚才说的，茶水茶水，茶和水相辅相成，茶壳既然如此坚硬，茶心必然软嫩，若用硬水，一次就拔掉了所有味道，不但不能让人渐入佳境，而且使许多味道相冲相抵，就会使我们缺了许多享受。"

"温水的温度应该是一致的。"口才很好,着中式盘扣衫裤,身上散发着檀香味儿的茶将军说,"第二道和第三道的水,前后的时间差已经使温度不同了,我们几位喝茶,这丝毫的温度变化是绝对不能马虎的。"

"老兄真是细致入微。"我赞许说,"这个时间差和温度差恰恰是我需要的。也是这种茶独特的茶理需要的。如果第三道茶温度不弱于第二道,我们还能品到那绒毛拂脸一般的绵软吗?"

"对,对对!"戴金丝眼镜的茶将军说,"我想了半天形容不出来,那种绵软真像绒毛拂脸。"

"嘿嘿。"茶老板笑着瞅住我的眼睛,"这下应该告诉我们是什么茶了吧?"

我抚了一下头发。

著过《九州茶考》的茶将军看着我:"先别说,让我猜猜。"

我又抚了一下头发。

"这茶应是北方茶。"看着我,"对不?"

"对。"

"那层茶壳是耐寒的,也是保护茶心的。"

"对。"

"这是自然茶,未经炮制,也不能炮制。"

"也对。"

"这茶原先只做药用，新近才入茶市。"

"不愧是《九州茶考》作者，完全对。"

"那么引申开来，今天我们喝的是新鲜茶，也就是说在冬天采摘的，但我想，这种茶一可保鲜处理，依然保持刚才的茶质；二可深化处理，当然不能用一般茶叶的炮制方法，改用阴干、风干和焙干三种方法炮制，可能会得到更加新奇的效果。"

"但这是不可能的，"我说，"这种茶一年也只能采几粒，根本用不上那么费心地做深化处理。"

"这就怪了。"戴金丝眼镜的茶将军皱起眉，"大红袍和君山毛尖珍奇，因为只有那片特定环境和特定园林，但不管咋说还是成林成片的，还没有听说过只产几粒的茶呢！"

穿中式盘扣衫裤的茶将军感叹："中华茶文化，博大精深呀！"

"嘿嘿，到底是哪儿的茶？"茶老板切切地看着我，"还要保密吗？"

"既然叫诸位方家来品，"我说，"那就不可能保密，我也不想保密。但要说这个茶，先要从产地说起。"

"啥地方？"

"崤阪。"

"崤阪？这个地名听都没听说过。"

"那么你知道秦晋崤之战吗？"

"当然知道！中国古代的著名战役。"

"这个战役就发生在崤阪。强大的，后来灭了六国而统一天下的秦军就是在崤阪被远远弱于它的晋军打败了，打败的重要原因就是崤阪的险峻。那时候往返于洛阳和长安之间，必须经过崤山群峰中蜿蜒于山谷的一条通道，而这条通道中最为险恶的一段，就是崤阪。崤阪两边山峰，高耸入云，谷底坡道，狭窄弯曲。秦军本已通过崤阪东去，长途奔袭郑国，因故半途而归，再西行重过崤阪，已是疲惫之师。晋军埋伏已久，以逸待劳，迅速封锁峡谷两头，突然发起猛攻。晋襄公身着丧服督战。秦军身陷隘道，进退不能，山上乱石滚木下来，已经使秦军死伤过半，更使秦军惊恐万状，阵脚大乱，晋军将士趁此冲杀下去，个个奋勇杀敌，以致秦军全部被歼。"

"这个在中学课本上都有。"茶老板说，"打仗和茶有什么关系？"

"打仗是和茶没有关系，但是这个战役就发生在这种茶的产地，而且这种茶也就因为山之险峻才有，也因为山的险峻才稀、奇、少，更因为山的险峻才难以采摘，只有极少数人，准确地说，也就一二人才能采摘得了。"

"这么说，你也是偶然得到？"

"也算偶然，也算必然。"

"怎讲?"

"我在三门峡就职七年,喝茶的名声还是有一些的,在前年冬天的一个下午,一位朋友专门约我去喝了这个茶。"

见他们听得很认真,我就接着讲下去。

"朋友在路上告诉我,这茶五千块钱一杯。我一听头皮一炸,立即叫停车。但车是朋友自己开的,他不但没停反而笑了,说是他请客,我不必惊慌。我虽然松了一口气,但立即说全世界也没有这贵的茶,绝不能上当受骗!朋友又笑了,说你喝了再说,付钱的人不觉得上当,你还会觉得上当吗?

"我没话说了,只好硬着头皮去,总觉着是个骗局。因为我做人有个原则,不能欠别人的人情,更不能欠这么大的人情!

"那一天天特别冷,路两边的树上,挂满了雾凇,景色十分壮观。但因为心里有事,我也无心欣赏。车过雁翎关时,又迎来一团一团游动的雾,但道路旁边路标上雁翎关三个字我还是注意到了,心里咯噔一响:如果古书记载没错,穿过雁翎关,就应该是崤底、崤阪,秦晋崤之战,就应该发生在这里。那时候这里车不并辕,马不并鞍,一夫当关,万夫莫开。如果人死后真有魂魄的话,那么当年战死这里的秦国将士的魂灵,应该就随着这些雾团飘动。想到这些我心就突突地跳,完全忘记了茶的真假,两眼朝车窗外面看去,出了一团雾心里就松一下,进了一团雾心里又紧张起来。

"好在公路修得很好,路面平坦,而且宽阔。朋友告诉我,这是1999年修通的三门峡至洛宁高等级公路,要不是这条公路,这个天,就别想看到这好的景色,更别想喝到这好的茶!

"他一个茶字又让我想到五千块钱一杯茶的价钱。但还没待我吭气,他一打方向盘,汽车下了高等级公路,驶进一条狭窄的山谷,驶上坑坑洼洼的土路。土路两边,山谷底部,是密密麻麻的挂满雾凇的灌木丛,东一棵西一棵的杂木树散落于灌木丛中,而且一团团的浓雾似乎被灌木丛挡住了、挂住了,不游不走,让人心慌。但还没待我说话,朋友一刹车,叫我下车。

"要不是前面有一个小伙子的招呼声,我真不敢相信,这里会有人家。

"朋友显然不是第一次来的,拉着我的手,几步就进了一眼石窑,石窑里亮着电灯,还开着电视。石窑里竟然很宽大,有睡觉的地方,有喝茶吃饭的地方,还有做饭的地方。做饭的地方自然放在窑门口,便于散烟。那里正用瓦罐煮着一罐水。"

许是我说得太啰唆了,穿中式盘扣衫裤的茶将军在西边窗户里透射进来的明丽的阳光中朝我摆摆手:"说了半天还没说到茶呢。"

出版过《九州茶考》的茶将军立即截住了他的话:"奇茶必

有奇人奇事奇遇，相辅相成，相得益彰，让老郑仔细讲。"

其实不用他说，我也会仔细讲出这一段故事的，不吐不快，是我这时候的真实心理。

"我问朋友，不是喝茶么，茶呢？

"朋友笑了，说，你以为这茶想喝就能喝？！需要临时采。

"我问在哪里采？小伙子笑了，说只有他父亲知道，他父亲这时候正在山上采茶呢。只让他把回溪阪的水煮上，还让他取了窑门口草丛里流下的水备着用。

"朋友接着告诉我，在崤阪这块地方，回溪阪的水是最硬的，这茶，必须用最硬的水冲开，然后再用草丛里的水沏泡，茶味儿——朋友把手挥在空中半天，猛然劈下——世上一绝。我要不是在这儿受了伤，也不可能喝到这茶，就更轮不到你了。

"朋友一说，我才知道，他去年开始在崤阪乡代职当副乡长，崤阪乡两百多平方公里，只有两百多户人家，平均一家一平方公里土地。所以要给这个地方通电和电视，难度几乎比上登天。朋友是负责回溪阪这一块地方三通的，他就是在指挥着架电线杆的时候从山崖上摔下来的，摔下来后他就失去知觉。醒来的时候他就躺在这眼石窑的那张床上，那位小伙子的父亲，正给他一勺一勺地喂咱们刚才喝的苦茶。

"我的朋友怎么也没有想到，没有去医院，没有任何其他药物相辅,他就喝了这个茶,头脑竟然很快清爽,身上的伤也不痛不痒,第二天竟然就能下床走路。

"虽然朋友喝茶的功夫没有我深,但毕竟是通茶的,就向小伙子的父亲问茶的来路,希望以后能喝到这样的茶。但小伙子的父亲笑而不答。还是小伙子告诉我的朋友,这茶不到急用,是不能采的,而且采摘地点只有他父亲知道,全乡没有第二个人知道。

"朋友对我说,后来他才知道,小伙子的父亲是刀客的后代,崤阪这块地方,地无三尺平,几乎不能种庄稼,出山又极其不便,所以人烟稀少,适合刀客生存。因为这里山路虽然险峻,却是南崤唯一通道,总有来往人马,刀客劫一人可吃半年。小伙子的父亲十三四岁时,即练就了一身好功夫,十五岁时,小伙子的爷爷把采茶的绝活教给他后,就再也没有回来。第二年,就解放了。小伙子的父亲一身刀客本事,却无处用了,就改行采药。所有珍贵的药材都在悬崖绝壁上,这就使刀客攀爬跳跃的本事派上了用场。珍贵的药材价格自然也贵,所以刀客的日子平平稳稳地过了下去。

"我们在石窟中说话,根本没有听见任何声响,小伙子的父亲却出现在了我们面前,咳了一声,吓了我一大跳。

"我根本想不到这就是小伙子的父亲,解放那一年,他十五岁，到前年，应该是近七十岁的人了，但从他的身上和脸上，咋看也就是五十多岁，一身精瘦，眼光犀利，行动利索，声音清亮，吐字清晰。他一眼看住我，看得我心里哆嗦了一下。他笑了，说我是那种典型的有钱人，凡是有钱人都害怕他的眼风。

"我的朋友也笑了，介绍说我就是他说的茶将军，专门来品茶的。老者就解开缠在腰里的腰带，从中取出一只类似丹参滴丸瓶子的小瓷瓶，看着在火上冒气的瓦罐，唤儿子冲茶。

"不急，我的朋友却先让他看看我，看我的钱在哪儿装着。"

这让我很高兴，刀客嘛，就应该显一显刀客的本事。

"老者笑了，说我身上没有带钱。我一听就急了，我是专来喝茶的，不可能不带钱，而且，平日我的身上最少也要带一千块钱，以备急用。说着我就在身上摸，却怎么也摸不见钱包。

"老者又笑了，本来想在你走的时候交给你，跟你要一下，乡长先把底给露了。说着从刚才绽开的腰带里，拿出了我的钱包。

"我顿时惊呆了，他只在我跟前解了一下腰带，怎么就会拿走我的钱包呢？我不得不叹服老者的刀客本领。

"后来我们就喝茶。说真的那天我的感受比今天好得多，可能因为是本地茶本地水相生相克的缘故。喝完后我抑制不住心中的激动，大声说了一句，五千块，值！

"就要你这一句话呢，我的朋友说。他说他动员老者几次，想让老者多采一些苦茶，就在这里，用这里的水冲着卖。老者一直不答应。他不知其中原委，后来还是老者的儿子告诉他，这茶长在绝壁的石缝中，秋天里，这种特殊的树种飘到石缝里，遇着雨，就在石缝里扎下根了。到了冬天，才长出这样一粒，实际上这粒茶如果不采，到春天，就发出芽，一年一年过去，就长成树。所以我们喝的，不是几片茶叶，是一棵树。一棵树所有的精气神，都集中在那粒茶中。而且他们家的祖训就是不遇伤不采；而且对采摘地保密，只传儿子，不传闺女。就是害怕把这苦茶采绝了。因为刀客免不了受伤，一般的外伤，将这茶研开一涂，不治自好。一般的内伤，将这茶喝下去，很快除病。南崤的人几乎都知道他家有这个绝药，但一般不来求。传说当年武则天来往于都城长安和东都洛阳的时候，最爱停留的地方就是崤阪，所以在崤阪北原上建了兰昌宫，每过崤阪，必然要在这儿停歇几天。这位雄心勃勃的女皇酷爱看古战场以壮雄心，她甚至在崤阪的石头坡道上走过几趟。但是武则天在兰昌宫时也没有喝到这种苦茶。有一次武则天急火攻心，眼红面赤，雁翎关守备急派守军四处寻找刀客的祖先，但就是找不到。不是他找不到，而是老刀客躲了起来，这茶一旦成了皇室用品，几天就采绝了，还能保留到现在？崤阪的人每每说起这个话题，都会感叹说：武则天都喝不上，咱就更不要去想了。从这一点上讲，我的朋友是幸运的，他若不是为崤阪老百姓通电受的伤,也不可能喝到这茶。

"既然如此珍贵,我的代职当副乡长的朋友就想着在保持这个茶的神秘性的同时,让这个茶出名,并因这茶让这个乡出名。动员老者一年只卖两粒,一粒五千块。一是给老者增加一些收入——两粒茶顶得上山民一年的收入。二是越少越珍贵,越珍贵名气越大,这茶和这乡的名气就大了,因此为这个乡,更重要的是给老刀客,带来巨大的、连续的效益。但他不知道五千一杯的价格能不能卖出去,所以就请我来喝。既然我说了值,他高兴极了,立即请我给这茶取个名字。

"我想了想,就取名为崤阪石茶。"

"崤阪石茶!好极了!"著有《九州茶考》的茶将军真诚地感叹,而且轻轻地拍起了巴掌。一下子引得屋里的人都拍起了手。

"奇茶奇闻!"口才很好、穿中式盘扣衫裤的茶将军连连点头,遂提高声音,"我建议,此事不要张扬,每年冬天,我们几人同去,带一万块钱,把这两粒茶喝了。"

我笑笑:"不可能了!"

"为何?"穿中式盘扣衫裤的茶将军紧瞅着我。

茶将军们也都不同程度地表现出了焦急。

我摆摆手让他们安静下来,然后告诉他们,后来我和老刀客成了好朋友,一来一往中,我知道了刀客们许多鲜为人知的故事,特别是刀客的死亡方式,让我感慨万千。刀客们出山前必须练就一种吞三口气就能自断经脉死亡的方法,而且必须在老刀客面前真正成功死亡,再由老刀客解过来。因为刀客不免失手,万一失手被抓,免不了被人百般折磨而死,与其如此,不如自己了断。还有,刀客没有坟墓,因为他们害怕他们劫过的人来挖他们的坟,给子孙带来不利,所以他们在觉得体力不支时,都是自己在悬崖上找一个风水好的石洞或石缝,将外面用石头封好了,然后自己吞气而死。

"你怎么老说死呢?"茶老板着急了,"老刀客可千万不能死啊!"

我深深吸了一口气:"恰恰相反,老刀客死了。"

"死了!?"屋里一片惊叹。

"我是去年调回郑州的,之后再也没和老刀客联系,昨天我的那位代职当副乡长的朋友来了,给我带来了这粒茶,说这是老刀客的儿子前天交给他的,并说这是老刀客离开家以前专门交代叫儿子给我的,交代后就把采茶的地方告诉了他的儿子,但告诫儿子:这茶只能治病,绝不能当茶卖。因为这是救命的东西,卖啥都行,不能卖命!"

说到这里我说不下去了,屋里也鸦雀无声。我的眼前浮现出崤阪的峭壁，峭壁上有许多大大小小神秘的洞穴，老刀客在哪一个洞穴中长眠呢？

峭壁的纹理隐隐约约的，很像一个字，难道是"茶"字么？

茶……

我要了一杯清水，用右手中指蘸着水在茶桌上写下一个草字头，嘴里念着："草。"然后又在下面写了一个木字，遂念："木。"

茶老板摸了一下头："草木……"

我说："是草木。但草木相叠，并不成字。"说着在草木旁边写了一个人字，"草在上，木在下，人在旁边，还不是字。草在上，木在下，人在中间，就是茶字。人得草木营养滋润，草木得人品味养护，是茶的根本。但人对草木的索取必须是有限的，稍有过度，少了草木，茶字就少了天地，无天无地，不但茶字不成，人也……"

"人也活不成。"茶老板忍不住接住我的话。

穿棕色中式盘扣衫裤的茶将军连连点头："充满禅机。"

穿西装的茶将军深深地吸了一口气，叹道："从认茶、识茶、知茶的角度上讲，我们几个充其量也就是个茶将军，而老刀客，才真真正正是茶元帅！"

相思树

一

那是一个阴云密布的春天的上午，我们飞行团的所有飞行员，聚在我们基地的篮球场上，每人拿着一只一拃长的模型飞机，做着模拟飞行训练，突然听见空中一声巨响，震得所有人都停止了模拟动作，循着声音看上去，就见从乌乌的云下面，掉下来一团排球大小的火球，轰隆隆的巨响就是从火球上发出的，而且随着火球以极快的速度往下跌落，声音也以极快的速度在增加。黑色的云，红色的火球，震耳欲聋的声响，一瞬间织成一个异常恐怖的网，把整个篮球场罩住了。

我们团长是新调来的，一下子反应不过来。还是年纪稍大一些的叶副团长大声下了命令，让大家紧急疏散，进入离球场最近的一个会议室。

处于极度惊恐中的飞行员们这才愣怔过来，立即跑向会议室。然而，火球跌落的速度远远超过人的奔跑的速度，我们团只有几个人跑进会议室，火球已经从天上跌落到地面，跌落在飞行员宿舍楼前的水泥地面上,那里离篮球场只有两百多米远,离我们正在跑进的会议室也就三百多米。

火球落在地面上时,砸入水泥地里,轰隆声从尖锐变成沉闷,猛然又从水泥地里跳出来,依然带着那狂躁的轰鸣,朝篮球场方向滚去,火球滚过的地方,地面被烧焦了,甚至烧出一个槽子,其间的易燃物品不见了,根本不存在燃烧过程,槽子里仅剩下一丝丝的细烟。

就在火球滚动的过程中,飞行员们已经全部跑进会议室,经验丰富的叶副团长大声呼叫着,让大家关好会议室的门和窗子,我们紧张而又机械地照办。这样一来,我们看不见火球了,只听见它的轰鸣从篮球场那边朝我们这边滚来,声音愈来愈强,片刻间,就到了我们的视野里,滚在会议室和另一栋飞行练习室之间的空地上,从两栋房子之间几乎正中心的地方,滚出一条小沟,再往前滚,就被挡住了,因为这里是喀斯特地貌,一个柱状的、拔地而起的山立在那里。于是,它在山根部旋转了一会儿,就绕着山转了过去,不一会儿,传来一声石破天惊般的炸响。

叶副团长这才舒了一口气,对团长说:"刚才那个火球,就是人们常说的滚地雷。你刚从北方调来,肯定没见过,也没有防护经验,事情紧急,我也来不及报告,就直接向大家下达了命令,请团长谅解。"

团长显然也受了惊,在叶副团长向他解释的时候,他回过劲儿来,向叶副团长点点头说:"你救了大家,你保护了一个团的飞行员,应该请功才对。"随着叫,"参谋长!"

参谋长高应一声:"到!"从会议室里的桌椅之间穿行过来,到团长跟前,立正敬礼,"请指示!"

"向上级报告,给叶副团长请功!"

"是!"

这时候传来消防车的警报声,一直啸叫着到了山那面。后来我们知道,火球滚进山那面机务部队的营房,机务部队的干部战士正在停机坪工作,营房里没有人,门窗开着,火球就从一个门里滚进去,然后在房子里炸开,把一个房子里的东西都烧净了。要不是消防车来得及时,整个房子都会烧毁。

我们团的飞行员和机关干部,大部分来自北方,亲眼看见滚地雷,都是第一次,虽然大家的胆量有大小,但都不同程度地受到了惊吓,在这个时候继续训练,很难让大家集中精力,于是,团长临时决定,让叶副团长给大家讲解滚地雷的防护知识。

叶副团长是广东人,他说:"我刚才说的滚地雷,是我们家乡人的叫法,我们家乡人几乎每年都能看到这东西。因为这家伙顺风走,越是空旷的地方,越是风口,它越是去,所以最有效的防护措施就是躲进屋里,关了门窗,就没事了。在野外,你没处躲,怎么办呢?你就躲开风道,哪里风硬,你就躲开哪里,站到风小的地方,最好是没风的地方,它就烧不到你炸不到你。我们那儿有人被烧过,是个十三岁的男孩,他在地里放牛,看见这家伙,拉着牛就跑,牛和他都跑得很快,形成了一条风道,滚地雷就顺着这条风道过去了。撵上那个男孩的时候,男孩没来得及吭一声,就变成了焦煳的黑粉末,粉末还跟着滚地雷走,直走到牛跟前,在牛肚子下面炸开,把牛的一半身子也烧成了粉末,剩下的一些牛身体,被炸成绿豆大小的块儿,在一瞬间被炸飞到方圆一里半左右的地方。那些在不远处干活的人,眼睁睁地看着,人和牛被滚地雷弄成死不见尸的末子。更恐怖的是,远一些地方,一个根本没有看见雷的妇女,被飞来的牛骨头渣子打中了,这绿豆大的骨头渣子从妇女的左脸蛋上打进去,从耳朵旁边飞出来,吓得妇女疯跑着回家,大呼小叫地喊着说她被子弹打中了。乡村郎中一看,说是鬼从她脸上钻过去了,因为被打穿的那个孔,没流一丝血,只一个细细的黑洞。妇女问怎么治治,郎中说还不烧纸,你是得罪阴间的人了。到了晚上,牛和那个男孩被炸的事才传到这个村,这个妇女才知道自己被伤害的真正根源。"

叶副团长说着这些的时候,脸上很平静,语速不紧不慢,却说得一个团的飞行员心惊肉跳。团长最后总结说:"我们作为飞行员,对一些罕见的自然现象,也要了解,这样,才能保证我们的身体不受伤害，因为我们的身体，就是国家的战斗力！大家想想，今天要不是叶副团长及时指挥，我们一个团的飞行员都有可能死于滚地雷，我们作为军人，保家卫国，死在战场上是光荣的，死在意外上，不但是窝囊的，更是耻辱的。"

亲自见证这次恐怖事件，是我到这个团里工作不到一个月的事情。我在团机关工作，大部分时间和飞行员在一起，我知道国家每培养一个飞行员，付出的培训费用，用硬通货币黄金来算，几乎等于一个飞行员的体重。所以虽然这个事情过去了，却依然在我心里留下深重的印痕。后来我查了许多资料，才知道科学界对这种滚地雷至今也没有一个权威的定论，连它的生成原因还未弄清，有说它是空中大量的等离子集团体，有说它是一种激光团。对它的名字也叫法不一，有叫火球的，有叫风火轮的，还有叫雷蛋的，科学界的常用叫法是球形闪电。甚至对它的寿命也说不清，有说多少秒的，有说多少分钟的。虽然对它的生成原因、物理性质、寿命长短说法不一，但德国的一个科学家亲眼看到一个球形闪电掉进水塘里，使一个水塘的水在一瞬间沸腾起来。

后来我琢磨，为什么在城里见不到滚地雷，可能和城里房子太高太密集有关，还有，城市的热岛效应，使得气昂昂的热浪朝天上冲着，球形闪电就被这热浪冲到郊外去了，特别是军用机场这样的地方，面积大，空旷，人却少，还是军事禁区，一般人不能进去，才使得这些罕见的自然现象发生并成灾。想到这些，我心里反倒有了快乐感。只有住在这种几乎和大自然相融合的地方，才能见到这种被城里人当作传奇或者神话一样的东西，从这一点上讲，不能不说我是幸运的。

二

我们这个机场，在人口密集、雨量充沛、空气湿润的南方，难得地保持了许多原生态的东西，离开那个机场，已经近三十年了，但是它还常常出现在我的梦境里。滚地雷多次把我从梦中惊醒，还有那只猴子、那些蛤蚧、那些蛇和蜈蚣，都让我怀念。

有一天夜晚，我睡得正香，突然听见拍门声，那时候电话不像现在这样方便，我以为是团里有什么紧急公务，一翻身起来，跑过去开了宿舍门，没看见一个人，却听见快速而又轻捷的奔跑声，顺着声音看去，才发现是一只猴子。我听同事们几次说起猴子半夜拍门的事，但发生在我的宿舍，也就这一次，它显然不害怕我，跑到走廊尽头的时候，它还停下来，回头望了我一眼。我很生气，因为它半夜打扰了我的睡眠，所以朝它猛然挥了一下拳头，它才一溜烟跑了。虽然仅有不到一分钟的遭遇，但是我对这只猴子的形象和表情记得非常清楚。我想，如果我现在遇到猴子拍门，我肯定会朝着它微笑，甚至会给它喂吃的。

那时候我们住的房子大部分是平房，房子里面没有厕所，一个宿舍区，就建一个大厕所，一个大的冲凉间，从宿舍到厕所或者冲凉间，都要经过一条土路，土路两边是茂盛的野草，白天我们从那条土路上经过，就会听见沙沙沙的响声。开始我不知道是什么声音，后来才知道，是草丛里的蛇，蛇终归是怕人的，有人走动它就跑开。蛇在天然的土地上和草丛里，穿梭的速度是惊人的，但到了平地上，它的身子蠕动半天也跑不了多远，所以团里将飞行员们的厕所和冲凉间，建在宿舍房的水泥地中间，这样，蛇就不可能爬过去，也就保证了飞行员们的安全。但是这种厕所和冲凉间需要每天打扫清理，而且修建成本也高，所以我们普通干部和指战员，还是用大的厕所和冲凉间。我生性怕蛇，所以每每从这条路上走的时候，都异常小心，虽然沙沙声还是响，我知道蛇跑了，但我的眼睛还是紧紧盯着路面，害怕万一遇到哪一条胆子大或者神经错乱的蛇。

这种小心终于使我避免了一场灾难。那是一个晚上，我在机关写完材料，浑身是汗，到冲凉间去冲凉，为了避免在路上遇到从草丛里爬出来乘凉的蛇，我打着一个五节电池的大手电，照着路面，仔细地看着，小心地前行，就在我走到那个小小的下坡处时，我突然看见一条蛇的后半截身子横在路面上，前半截身子钻进路面上的一个洞里。那可能是一个老鼠洞或者藏着青蛙之类小动物的洞，这条蛇肯定是钻进去吃小动物，所以大半截身子都在洞里面，没有听见我的脚步声，也就大大咧咧横在路上。我再仔细一看，它的身上有一条一条间隔均匀的白色的环，心里就猛然一紧——银环蛇！这是和金环蛇、眼镜王蛇具有同样毒性的蛇，咬人一口，就会使人流涎、恶心、呕吐、头晕、头痛、肌肉麻痹、运动不协调、呼吸微弱，各个内脏逐渐衰竭，在很短的时间内死亡。银环蛇的毒性比金环蛇还强得多，被咬的人死亡率高达百分之八十，就是及时抢救，也只能落个傻呆一生，生活不能自理。

我当然不敢向前再迈一步，但也不敢后退，唯恐我在后退的时候，它从洞里爬出来，从我身后咬我一口。但我这样站着也不是办法，我手里就拿着脸盆、毛巾、肥皂之类的冲凉用品，很难与条形的、恶毒而又敏捷的银环蛇搏斗。战友们向我介绍过遭遇银环蛇的办法，就是拿一根竹竿或者细棍在手里，它只要进攻，你就抽打，而我手里的脸盆毛巾恰恰是不适合与蛇搏斗的。我就在紧紧盯着银环蛇的同时，用眼睛的余光看着四处，希望看到一根竹竿，哪怕是树枝。但是没有看到，只看到一片茂盛的草。而那个银环蛇的身子移了一下，开始往洞外蠕动。我的呼吸禁不住紧了起来。

就在我的神经紧张到极点的时候,我的一个湖南籍战友也端着脸盆来了,大声问我怎么啦,我不敢回答,只朝他摆手。他走到我跟前,看见了正在往外出身子的银环蛇,高兴地叫了一声:"太好了,这会儿是收拾这狗日的最好的时候。"说着从路旁拾起一块半截砖头,猛地朝银环蛇砸去。

我来不及阻拦,也不知道怎样做才最合适,干脆扭头跑了。边往回跑,边安慰自己:打蛇的人是不怕蛇的,从来没听说过不怕蛇的人还能被蛇咬了!

回到宿舍,我才知道自己浑身的衣服已经被恐惧的汗水浸透了,但是我依然心有余悸,立即把门窗关严实了,这才开始脱湿透了的衣服,然后用干毛巾擦身上的汗。在心里对自己说:"不去了,今晚不去冲凉了,他如果把那东西打死还好说,万一打残了,它跑了,它会回来报复的,说不定闻着味儿会寻到我。"

说到这儿我浑身发麻,我听到许多个南方战友,说过蛇报复人的故事,每一个都让人不寒而栗。

这时候我那战友来了,还没到门口就叫我:"看你那胆,就恁长个小玩意儿,把你吓得跟老鼠见了猫一样。"

我没有开门,隔着门问:"打死了吗?"

"没有,没打准,只把尾巴打伤了。"

"你让它跑了？"

"我还没有寻到再砸它的东西，这就跑得没了影子。"

"咳呀！"我在屋里叫，"这下完了，这蛇会报复咱俩的。"

"报复个屁！"战友在门外说，"我打伤的蛇少说也有三四十条，没见哪一个敢来寻我报复。"突然提高声音，"开门呀！"

我这才注意到自己因为恐惧的失礼，打开门就叫他快些进来："小心蛇钻进门。"

"看你那老鼠胆！"战友说着，递给我一块肥皂，"你慌什么？把这都撂在路上了。"在我接过去的时候，又安慰我，"不要害怕，它就是报复，也是报复打它的我，不会报复你。"

我知道他说得有道理，但是从此以后，我再也没有进我们宿舍区的厕所和冲凉房，而是多跑五百多米路，到机修大队的厕所和冲凉房解决问题。我的这种行为，很快成为团机关的一个笑话，因为我常常在空军报等报纸发表作品，所以有些人问起，谁是那个会写东西的郑彦英时，另一个人就会告诉他，就是那个多跑五百多米上厕所的人。或者有人问，那个多跑五百多米冲凉的人是个疯子吧，另一个就会对他说，不全疯，半疯，他就是那个会舞文弄墨写东西的郑彦英。

那时候我们整个团机关在一个食堂吃饭，团政委不是飞行干部，也和我们在一个食堂吃。那是一个下着稠密的雨丝的中午，政委端着他饭菜碗碟到了我们几个普通干部坐的桌子，我们几个平常吃饭很热闹，这一天却吃得异常安静。吃完了，政委在保温桶那里接了半碗开水，然后把吃残的菜倒进开水碗，当汤喝，这一个动作一下子拉近了我们和他的距离，因为我们平时也是这样喝汤的。于是，我们也这样调了一碗汤，放到桌子上，等汤凉。这时候政委笑着问我："你怕蛇就怕成哪样？"

我笑了，没吭气。

"他们说的都是真的？"

我点点头："我是北方人，别说见，就是听人说蛇，浑身都有反应。"

政委脸上的笑容没有了，沉思片刻，端起汤，一口气喝了下去，然后起身走了，弄得我很紧张。

我怎么也没有想到，雨停后的第二天上午，机场场务连的干部战士开着施工车到了我们营房，把我们所有通往厕所的路都铺成了水泥地，而且拓宽到十米，这样一来，蛇再也不会爬到路中间了，我再也不用跑到五百米外去上厕所和冲凉了。

几年以后，我转业到郑州，政委已经提拔担任了师领导。有一次他到郑州出差，给我打了个电话，我到宾馆去拜访他，言谈之间不由扯到了当年，我问他是怎样和基地领导协调的，他笑了，说："那天中午吃完饭，我去拜访基地政委，我先问他读过你的文章没有,他说读过,我就说了你的事情,基地政委当时就给场务连打了个电话,命令他们一周之内把机场所有营房通往厕所和冲凉间的路铺成水泥路,而且拓宽到十米。"

三

虽然这条路不长,也花不了多少钱,但它带给我心里极大的安慰,甚至使我喜欢起这个机场了,喜欢起南方这种奇特的气候和环境。

由于我们机场是军事禁区,所以山高林密草深,适宜很多野生动物生长,这些野生动物中,我最喜欢的是蛤蚧。

蛤蚧是我们机场这一带农民最爱逮的小动物,样子类似于蜥蜴、壁虎和四脚蛇,农民们把蛤蚧逮去,剖肠破肚,用竹棍撑开肚子,然后风干,当药材卖。明朝李时珍所著的《本草纲目》记载蛤蚧可"补肺气,益精血,定喘止嗽,疗肺痈消渴,助阳道。"其中助阳道一条,就让很多男人梦寐以求。可怜的蛤蚧,因此面临灭顶之灾。而我们的军事禁区,正好起到了保护这可爱的小动物的作用。

说它可爱,我是发自内心的。

蛤蚧是一种冬眠的动物，一般冬眠的动物在惊蛰后就出洞了，蛤蚧却要等到清明节后。每天的清晨、中午和晚上，它都会按时鸣叫："咯——嘎！咯——嘎！"两声为一节，叫完似乎喘一口气，然后再叫，叫了又喘气，喘气的时间几乎相等，叫的声音也几乎相同，连叫数次后才歇。我们听得多了，从它的叫声中，就能区分出年龄的大小。一岁到两岁的，连续鸣叫八到十次；三岁以上的，一般连续叫十三四次；五岁以上的，要叫到十八次以上。停歇一会儿后，又会再叫。年龄不满一岁的，叫声最好听："得——滴、得——滴"，声音稚嫩清纯，一回仅仅连续鸣叫二至三次，就长时间地歇息。它们在鸣叫的时候几乎是忘情的，它们用这种声音呼唤亲人，呼唤异性。它们不知道，逮蛤蚧的人就是从它们的叫声中判断它们的年龄，又循着叫声找到它们的栖居地，然后逮了它们去卖钱。鸣叫十八声以上的蛤蚧，是他们捕猎的主要对象。

　　蛤蚧早晨的叫声，比我们军营的起床号要响得早，这时候正是我们几个机关干部起来跑步锻炼身体的时间，我们一边跑步一边听着它们的叫声，时间长了，哪儿有一只几岁的蛤蚧，我们都很清楚。偶尔哪一天听不见哪只蛤蚧叫，我们会着急，怀疑是不是被鹰叼走了还是被蛇吸进肚子吃了。

　　有一天中午，我正在午休，那位湖南籍的战友敲开了我的门,笑眯眯地看着我,说想请我帮个忙。我爽快地同意后,他才小声说,他要在我的屋子里烤一只蛤蚧。

那时候其他机关干部都是几个人住一间宿舍,唯有我是一个人一间宿舍。我一听他的话,立即很反感,但又不好表现出来,就说:"你不知道部队禁止干部战士捕猎蛤蚧?"

"正因为禁止才想在你这儿烤呢,大电灯泡都寻好了,只要你同意,我把蛤蚧在树林里杀了,拿到你这儿烤。"紧接着补充,"我今年要转业,我家乡没有这东西,我拿回去孝敬父母。"

我不好直接表示反对,就问:"你抓了一只几岁的?"

"七岁。"

"七岁?!"我感叹道,这种年龄的蛤蚧最值钱,但是这种年龄的蛤蚧也最重感情,一只蛤蚧死了,作为夫妻的另一方,也不会活,会一直鸣叫着呼唤对方,直到死亡。

但是战友要转业了,战友想孝敬父母而违反军纪,在一定程度上能打动人,于是我想了想,说:"在哪儿放着?"

"你听。"

我这才听见,从我们宿舍后面的相思树林里,传来一只蛤蚧的叫声,完全是那种绝望的叫,也不分节奏,不分长短,就是叫,一声接着一声。

我说:"咱去看看吧。"

他立即喜颠颠的,以为我同意了。我们很快就在相思树林里找到了那只蛤蚧,战友用一根长而柔韧的草拴着它的身子,挂在树枝上,它的四肢就不断地在空中抓挠,嘴里的叫声依然不停,依然没有节奏。

战友走过去取下来它,放在他的手心里让我看:"你看它那尾巴,整整齐齐,七个环,我是用计逮住它的,所以它的尾巴没有掉。"

我一看,尾巴上真是七个环,蛤蚧就是这么奇怪的一个动物,它长一岁,尾巴上就增加一个环,像树木的年轮一样。在其他动物追捕它的时候,它为了逃生,常用金蝉脱壳之计,猛然断了自己的尾巴,捕猎它的动物一旦咬住它的尾巴,它就逃脱了。

"你是怎样捕的?"

"我在农民那儿问的,用一根竹竿,头上拴一撮头发,往蛤蚧洞里一伸,它就死咬住不放,我把它提出来,抓住它了,它的嘴还咬着头发,哪儿来得及断尾巴?"

这时候,抓在他手里的蛤蚧朝着我叫,弄得我心里不禁一酸。我说:"它窝里应该还有另一只,那一只呢?"

"那一只不到晚上就会死,我去把它拿回来就是,一块烤了,送一对给父母,老人肯定会高兴。"

我灵机一动:"咱现在去捉那只吧。"

"好好！"他很高兴，"省得晚上麻烦，路不好走。"

蛤蚧窝在十几丈高的山腰里，我们一到山跟前，就听见了另一只蛤蚧的叫声，声音很微弱，这一只蛤蚧立即应和，声音已经显出了沙哑。等我们爬到蛤蚧窝前时，看到那只蛤蚧就在窝边的石头上趴着，那里有很毒的阳光，它却伏在那阳光里，我想它可能是为了让这一只蛤蚧回来时及时看到它，也就不管毒日头了。蛤蚧本是很害怕人的，却因为它们互相呼叫着，不但不躲避我们，反而朝我们跟前爬。它显然已经在阳光里消耗了太多的体力，它爬得很慢，却很勇敢。

我看看战友，说："太感动人了，它为了爱，不惜自己的生命。"

这时候战友手里那只蛤蚧拼命挣扎，叫声更加惨烈，大概是叫对方不要过来，但对方还是朝我们跟前爬。

我确实被深深地感动了，但为了感动战友，我有些夸张地蹲下来，双手抱住了头。

"怎么啦？"战友问我。

我有意不吭，过了一会儿才说："在农贸市场上买一对，不就十几块钱嘛，我给你出一半，我不忍心看到它们……"我禁不住哽咽了。

战友愣了一下，脸沉下来，然后松开手，手里的蛤蚧立即跑出去，跑到那只几乎奄奄一息的蛤蚧跟前，用嘴拱着那只蛤蚧，一直拱到阴凉潮湿的窝边，片刻间，两只蛤蚧不见了踪影。

下山的时候我们俩都没有说话，快到宿舍营房跟前的时候，我才说："对不起，我实在不忍心。"

战友朝我咧了一下嘴，大概想做出笑容，但是没做出来，反倒显得很狰狞。

晚上十点左右，我正在写东西，战友又拍开我的门，虽然熄灯号已经响过，但因为我们是机关，常常加班，所以可以晚睡。他一进门，很不自然地笑了一下，笑得我很别扭。然后说："我刚才接到未婚妻的长途电话，我给她说了今天的事，她说咱们太可爱了，而且说我有这种爱心，她跟着我心里才踏实。"

我顿时高兴起来，拍拍他的肩膀说："但愿你俩像那对蛤蚧一样，生死相依，白头到老。"

四

也可能因为我们营区太适合野生动物生长，所以我们几乎习惯了和它们接触。比如说蜈蚣，就是人们常说的百足虫，天龙。蜈蚣体积小，又喜欢人的汗味儿，所以我们每天晚上睡觉时，都把蚊帐四周压得严严实实，害怕这种昼伏夜出的动物钻进蚊帐咬伤我们。我们团的航医和我是好朋友，他拿着一个大蜈蚣标本给我说，蜈蚣最前面的两个爪子最可怕，它咬人时就是用这两个爪子，爪子一刺入人的皮肤，毒液立即进入人体，迅速顺着血液扩散，很快会导致淋巴管炎和部分身体组织坏死，严重时会使整个肢体出现紫癜，同时伴有头痛、发热、眩晕、恶心、呕吐，甚至谵语、抽搐、昏迷等全身症状。

其实在他告诉我以前，在我刚刚到达这个飞行团的时候，战友们就对我说，每天早晨起床后，第一件事就是把鞋提起来倒一下，因为蜈蚣最喜欢钻到人的鞋里，一穿鞋，就会被蜈蚣咬伤。所以我每天早晨都会倒鞋子，而且常常会倒出蜈蚣。蜈蚣一出鞋子，就以最快的速度逃亡，我们也不抓它，因为无从下手，它的每一个爪子上都有毒。而且，非常细小的墙缝它都能钻进去，转眼间就会从人的视野里消失。我的航医朋友为了保障飞行员不被蜈蚣咬伤，协同营房部门，把每一个飞行员的房间都弄得严严实实，严实得看不到一个墙缝。门和窗子都安了很结实很细密的纱窗，房间透气的时候，有纱窗防护着，不透气的时候，玻璃窗子就更加严密了。所以，飞行员们住的房子几乎是看不到蜈蚣的，即便这样，航医还是告诫每一个飞行员，晚上压好蚊帐，早晨起来倒鞋子。

虽然用了这么多手段，但不幸的是，我们团一个飞行副大队长被蜈蚣咬伤了。那是一个中午，这位副大队长在屋子里休息，就没有放蚊帐，因为蚊帐本来是防蚊子的，飞行员严密的房子里根本没有蚊子，而蜈蚣是昼伏夜出的，白天不可能出来，也就不用防护。但问题就出在中午，一个蜈蚣竟然在飞行副大队长睡着以后，爬到了副大队长的枕边，副大队长一个翻身，压住了蜈蚣，立即遭到了蜈蚣的攻击，耳朵被咬伤了，两个明显的点瘀肿成红包，副大队长不敢碰耳朵，却又下意识地用手保护着耳朵，疼得一跳一跳。航医惊慌到了极点，因为这类咬伤是航医的责任，他立即给飞行副大队长用生理盐水擦洗伤口，然后敷上他早就准备好的，已经捣烂了的鱼腥草和蒲公英。之后，飞行副大队长情绪稳定下来，说不疼了，没事了，叫大家走。我们就都走了，因为下午还有飞行训练，只留下航医和副大队长。我们走后不久，副大队长还要去外场飞行，他觉得没事了，但航医不让，坚决地守护在他的身边。

好在航医果断，否则可能会出现飞行事故，因为在下午四点左右，副大队长开始出现全身症状，先是发烧，然后是头晕。航医无奈，只好把副大队长送到了部队医院，三天以后，副大队长才出院。

我的航医朋友向上级打了报告，要求处分。在等待处分的一个礼拜左右时间里,他神情恍惚,晚上睡不着觉,直至出现了严重耳鸣,但他没有吭气。好在上级没有给他处分,只在一次大会上点名批评了他,虽然这是最轻的处理,但他依然觉得自己没有做好工作,给部队造成了损失,同时,自己在全团指战员面前失了面子,在部队的前途和发展,也因此而到头了。

全团大会之后,我去他的医疗间和宿舍找他,都没有见到他,航医助理说,他去老百姓那里,寻找解决蜈蚣的办法了。

他的执着让我感动,但我想,老百姓也常常被蜈蚣咬伤,怎么会有更好的办法?其实很简单,要求每个干部战士,当然包括飞行员,白天午休时,也要压好蚊帐就万事大吉。而且已经不用要求了,飞行副大队长被咬伤以后,消息风一般吹遍了营区,每一个午休的指战员,都小心翼翼地压好了蚊帐。

我怎么也没想到,我的航医朋友还真在老百姓那里,找到了清除蜈蚣的办法,而且是彻底的清除。

那一天,他从老百姓那里回来的时候,已经是晚上十点多,他挑着两个大竹笼,里面各装着两只鹅。回到了营区,他叫上航医助理,连夜在飞行员的冲凉间外面,扎了一圈篱笆,把鹅养了进去。

这是一个不大的事情,却像一个重大事件一般在全团,甚至在整个基地风一般传开,很多人说我的航医朋友受了刺激,弄一些歪门邪道来解决问题。好在团长和政委比较开明,说航医千方百计地弄来了,总是一个法子吧,试一个月,如果不管用,就不要养了。

领导的态度让我的朋友非常感动,他对我说,这是绝对管用的法子,老百姓家里,从来没有蜈蚣,就因为有鹅,所有被蜈蚣咬伤的老百姓,都是在田野里或者其他地方。

我在口头上对他大力支持,但心里还是有些怀疑。然而,令我高兴的是,从鹅到部队的那一天开始,营区里确实没有蜈蚣了,每天早晨起来,再也从鞋子里倒不出蜈蚣了。只要不是飞行日,或者是晨练的时候,我的航医朋友都领着他的鹅,在营区走动,四只鹅昂着脖子,跟在他的身后,一路走一路叫,很威风的样子。渐渐地,他和鹅成了营区的一道风景,哪一天早晨,如果见不到他和鹅,我还觉得少些什么。

这之后的又一次全团大会上,团长对我的航医朋友郑重提出表扬,说这就是吃一堑长一智的典型,这就是一心为部队的典型,一下子弄得我的朋友激动了好几天。

按说蜈蚣的事,由于鹅的到来就迎刃而解了,但谁也没有想到,空军总部在这一年下了一道命令,所有部队机关、营房,不准养家禽。

上级的命令是必须坚决执行的,但是我的朋友还是去找了团长,说这是保障飞行员身体安全的需要,是不是给上级打个报告,把这几只鹅留下来。

团长对他的这种请求给予表扬,说这是宁愿自己背处分,也要为部队安全着想的好干部,但是部队就是部队,令下如山倒,执行吧。

我至今还记得我的航医朋友那种悲恸欲绝的样子,他又把那四只鹅装进竹笼,挑着,一脸凄惶地离开了营房。

从这一天开始,我的航医朋友又开始失眠了,耳鸣的毛病又犯了,每天几乎有些神经质地检查每一个飞行员的宿舍安全。就这样过去了一个多月,他日见消瘦,我们的营区,又开始出现蜈蚣了,我每天早晨起床,又恢复了倒鞋子的习惯,而且常常倒出蜈蚣。

我的航医朋友终于病倒了,耳鸣弄得他无法正常工作,别人和他说话,他只能听个大概。在一个下大雨的日子,他发起高烧来,一下子烧得进入半昏迷状态。到基地卫生队住了三天后,他出院了,却没有回营区,而是到了老百姓那里,用一台录音机把鹅的声音录下来,又用一个筐子装了鹅的新鲜粪便,然后背着粪便,提着录音机,到了营区。

回来的时候天已经黑下来,他却没有休息,他和航医助理把鹅的粪便撒到了飞行员宿舍旁边,然后打开录音机,放着鹅的叫声,绕着营区走了几圈。

那时候我正在灯光球场打篮球,鹅的叫声惊动了一个球场的人,我们政治处副主任心疼地说:"好人啦!敬业,忠诚,就是心胸小些,你看一个蜈蚣,弄得他快神经了。"

我让另一个战友替我打球,淌着汗跑到航医跟前,问这是咋回事。他手里的录音机里,鹅还在叫着,他很不理解地看着我:"这还用说吗?这是我在发高烧的时候烧出来的灵机,保准管用。"

"这……"我本来想说这不可能管用,因为蜈蚣怕的是鹅,而不是鹅的声音和粪便。但我说不出口,看着他瘦得像刀条子的脸,我不忍心再打击他。沉吟了片刻,我说:"那我去打球了。"

"不不。"他说,"咱还得抓紧办点事呢。"瞅了航医助理一眼,"这个时候,你不帮我,就没有人再帮我了。"

话说得这样凄惨,我就擦擦汗,跟他去了。

他到医疗室里,拿了几个空瓶子,然后拿了一只巨大的手电筒,这是他每天晚上检查飞行员宿舍外面是否有蜈蚣等有害生物侵袭的重要工具,然后说:"咱得趁这时候逮几只蜈蚣。"

"逮蜈蚣咋能用瓶子?"

"这你就不知道了。"他一笑。

我却没笑,我说:"蜈蚣这东西,你想逮它还真不容易,晚上咋逮呢?明天早上,你到大家的宿舍里,我们那边的宿舍没有飞行员这边的严密,准有人会从鞋子里倒出蜈蚣。"

"明天就没有蜈蚣了。"他说,"你跟我去就是。"

于是,我们到了机关干部所住的营房区,我也在这一片住着。我们一起到房子外面的一条缝隙跟前,他把大手电的光亮照准墙缝,然后把鹅粪朝旁边撒了一点。

我怎么也没有想到,鹅粪一撒,立即有几只蜈蚣从墙缝里钻出来,慌慌地择路而逃。

我的航医朋友立即把空瓶子口儿对准一只蜈蚣逃跑的路线,蜈蚣想躲,拐了个弯,我朋友当然让瓶子的口儿也变了方向,蜈蚣太慌,一下子钻进了瓶子里。玻璃瓶子是光的,它在里面怎么折腾,也跑不动。我的航医朋友乘胜追击,又如法炮制,捉了另外一只蜈蚣。不到一个小时的工夫,他竟然捉了十几只。

逮蜈蚣倒没什么稀奇,但是引发了我的联想:看来,这个鹅粪和鹅的叫声,对驱赶蜈蚣,还真的管用。

航医朋友的欣喜是情不自禁地,很长时间以来,我都没见他这么舒心的笑容了,他对着瓶子咬了咬牙说:"狗日的把我弄成耳鸣,我得把你狗日的灌醉。"

"灌醉?"我看着他,"你给他们喝酒?"

"你一会儿就知道了。"

到了医疗室,他打开一个装着蜈蚣的玻璃瓶盖儿,然后提起一瓶酒精，一下子倒进玻璃瓶子，盖住瓶子盖儿。

这个瓶子里有两只蜈蚣，被酒精淹住以后，它们所有的爪子在酒精里乱抓乱挠，抓挠不出名堂以后，它们就习惯地用平常攻击其他动物的办法，用前面那两根爪子咬液态的酒精，就见毒液从那两根爪子里飞射出来，在酒精里呈现出条状的弧线。一只蜈蚣竟然有那么多的毒？！虽然没有精确测量，但我认为最少有它体积的一半。我要不是亲眼所见，不可能相信。

两只蜈蚣吐出来的毒，很快把一个瓶子里的酒精弄成了乳白色，吐尽了毒的蜈蚣，软塌塌地伏在了瓶子底部。

虽然很解气，也长了我的见识，但我不愿意再看他折腾另外那些瓶子的蜈蚣了。我就要走，他说："好好好，明天，你就在营区看不到蜈蚣了。"

我点点头："这我相信。"刚才我已经见识了鹅的声音和粪便对蜈蚣的冲击作用了。

但还没等我走出医疗室，他的声音又拦住了我："你知道我为啥弄这些蜈蚣？"

我想都没想就说："报仇呗。"

"不不！"他说，"我的心胸还没有这小。你可不知道，"他指着那只泡着蜈蚣，酒精变成乳白色的瓶子，"这种大型蜈蚣吐出毒的酒精，是以毒攻毒的最好药物。"掰着手指头，"蝎子、马蜂、蜜蜂、黄蜂、葫芦蜂蜇过的地方，毒蚂蚁、毒虫、毒蚊子等咬的伤口，只要一擦这种酒精，立马见效，不再疼，不再痒，红肿也很快消失。"

"这么神？"

"就这么神。"他说，"今后谁被这些毒东西蜇了，叫他来找我。"

正如我所预料的，从第二天开始，我们营区里，又像以前养鹅时一样，没了蜈蚣，航医不再带着那几只雄赳赳的鹅在营区走动了，而是提着录音机，放着鹅的声音在营区里转。时不时地还提着一个篮子，装着鹅的粪便，往营区的旮旮旯旯里撒。

航医朋友的耳鸣开始消失，脸上也长出了肉，而且添了红润。他的那些蜈蚣毒酒精，很快派上了用场，在南方，被虫咬蜂蜇是常事，所以他那里本是一个冷清的地方，却变成了一个热闹的地方。那个要转业的湖南籍的朋友找到我，让我给航医说说，给他一瓶这样的酒精，他第三天就离开部队了，想带一瓶这样的酒精回去。

"你去跟他要就是，你也认识他。"

"不不，你们是朋友。你一要，他准给。"

我明白了，他肯定去要了，没要到。我就去了。我一开口他就说，你准是给你那个湖南籍的朋友要的："你没想想，蜈蚣虽然是我最痛恨的,但它也是一个动物,不能老去逮它泡酒精,你说对不?"见我脸上不自然,"咱这儿也不多了,你知道的,咱的人也少不了这,用完了,我还得去逮,你以为我愿意逮?我才不愿意呢,看着蜈蚣那样死,我心里其实很不忍。"说到这里,他动情了,眼闭住了。

我只好如实给那个湖南籍的战友说了,他这才理解了航医。欢送他离开部队时,他紧紧握着航医的手,说:"你这小子,给我印象最深了,好人!"

五

第三年我就转业了,我的航医朋友和我同时转业了。他现在是一个医院的著名大夫,还带着博士生。我们一直没有中断联系,前年,他去北京开会,我也到北京办事,我们就小聚了一次,还喝了酒。当我问起,我们那个机场,是否还延续着他的方法防治蜈蚣时,他睁大眼睛看着我:"你不知道?"

我一惊:"出了啥大事?"

"咱的机场,由于规模太小,加上周围那种柱子一样的山太多,不适合高速飞机起降,部队离开了,交给地方,变成了一个给农林喷洒农药的机场,那种螺旋桨飞机,有五百米跑道就可以起飞,所以机场的规模也小了。"

"再小也是机场,自然条件应该还像以前一样好。"

朋友摆摆手:"不不,现在不是军事禁区,谁都能进,很多东西都大变了。就说蜈蚣吧,不但不用防,连找都找不到了。"

我一惊:"为啥?"

"你想想,蜈蚣酒治蜇伤咬伤怾灵,人们还不拼命去逮,咱那儿既然不是军事禁区,谁都可以去逮,倒也不是逮完了,而是蜈蚣害怕了,蜈蚣如今最怕的倒不是鹅,而是人,哪里有人的味道,它就不去哪里了。"

这个消息给了我很大的震动,不禁使我想起人类对许多野生动物的迫害,也正因为这种迫害愈演愈烈,人类活得越来越不自在。生物链改变了,甚至断掉了,整个大自然的场就变了。人类在原来的场里,生活得很安逸。现在场变了,人的身体还是原来的,咋能不生病?咋能不出现新的、瘟疫一般的怪病?非典,就是大自然对人类一个很大的警告了!但是,人类似乎并没有因此而改变自己的行为。我不由想起一个哲人说的话:最后消灭人类的,是人类自己。

这当然是我不愿意看到的,虽然如此发展下去,到了那恐怖的一天,我已早过百年,但我不能不为我们人类的子孙后代着想。

我在接到转业命令之后，有一个月左右的等待时间，那时候部队的工作已经有人接手，我才真正有了空闲时间，并且安静地欣赏我们基地的美丽景色。

　　最难忘的是那婀娜多姿的相思林，它们成片地立在我们营房后面，枝干相依相交，若多情的恋人。站在远处看它们，它们那细密的叶子在阳光的照耀下，像云彩一样呈现出团状，而且起伏舒展，错落有致。更动人的是马路两边的相思树，它们在长高的过程中，就向另一方倾斜，最后必然要长到一起，密密的枝叶，在马路上方，形成了一个绿色的伞盖，马路就变成了充满柔情蜜意的绿色长廊。

　　虽然我离开部队已经多年，但是那多情而又美丽的相思树还常常出现在我的眼前。在和我的航医朋友会面后，我不禁感叹，人类和野生动物，什么时候能够像相思树一样，相依相存，和谐发展，和谐延续呢？

　　有一天中午，我做了一个梦，梦见我像空中飞人一样游荡在世界的各个角落，发现所有地方的人，都和飞禽走兽朋友般相处，梦中的男女老少都很健康，谈笑时红光满面，做事时精神抖擞。我问一个白胡子老汉的年龄，老汉正吃甘蔗，举起两根指头说："还不到二百岁。"说完咔嚓一声，咬了一截甘蔗，嚼得很有劲，吱吱地咂得很香。

梦醒后我感慨万千，自言自语说真是白日梦。转念一想，我已经形成了多年的午休习惯，所以不应该算做白日梦，应该是我沉积于内心深处的强烈愿望。

从狗到犬

一

　　随着年龄的增长，我对狗的认识和态度，就像春夏秋冬四个季节一样，虽然发生了完全不同的变化，但却有着紧密的联系。

　　少年时期，每天天麻麻亮时，我都要背着书包和一天的干粮，到七里外的天阁村去上高小。我家所居住的八百里秦川是典型的平原，大清早的地面上，总是伏着一层淡淡的岚气。随着季节的不同，岚气的高低和浓淡也不同，随着阴晴雨雪时光线的不同，岚气的颜色也变幻着，但不管哪一种颜色，都很迷人。我每天早晨走出村庄，总爱看这些岚气，甚至常常将这些岚气踢起来，自己往前走的身子就正好碰住飞起来的岚气，张开嘴猛然一吸，岚气就到了嘴里，岚气是有味道的，是乡村大地上特有的味道，是土地的、庄稼的、人和牲畜以及禽鸟的味道混合体，由于岚气里带有水分，所以这些混合气体就被弄得湿漉漉的，于是就常常使我产生吞咽的动作。但是这种美好的行走经常被打断，而且必然被打断，因为我要经过西介村。西介村有一群恶狗，我的脚步刚刚接近西介村时,这些恶狗就会跑出村庄,对我进行例行公事的"欢迎"。先是声音,是狗们特有的灵敏耳朵和鼻子启发了狗们的本能,它们可能卧在那里就没有动,想用声音驱赶我,先是一声或几声,然后是一片。因为我不能听了它们的恐吓声而停止行走的步伐,我要按时按点去天阁村上学,西介村是我的必经之路。于是,在我接近西介村东北口那棵大皂角树时,狗们就从村里冲出来,狗的腥臊味和狗爪子奔跑带起来的尘土,随着狗的跑动冲撞着伏在地面上的岚气,西介村村口的岚气片刻间被撕裂开,并带着狗腔子里吼出来的恶热味道飞散而去。我的恐惧是可想而知的,因为我面对的是一群狗而不是一条狗,是奔腾跳跃在家门口的看家狗而不是远离家园的丧家犬。狗们冲出村庄的气势很大,大到我第一次遇到时心惊肉跳,狗们还没到我跟前,我就猛然猫下腰来,装作在地上抓石头或者砖头块儿,并迅速直起腰来,这是我爷爷教给我的非常灵验的办法,在秦川道上,百试百灵。但由于我在这里遇到的是一群狗,就生了过分的胆怯,所以猫腰猫得早了,狗们就没有当一回事,冲向我的势头丝毫没有减弱。我的腿就颤抖起来,我以为这个法子不灵了。更加要命的是,我爷爷教给我的法子是一个欺骗狗吓唬狗的法子,在肥沃的秦川道上,根本没有石子可捡来打狗,还有,就是再小的砖头块儿,秦川人也会当作稀罕东西垒到家里墙上。眼看着狗们就冲到我的面前了，稍微犹豫一秒，它们尖利的牙齿就会咬到我的腿上了，我下意识地又一次猫下哆哆嗦嗦的腰，下意识地在地上又一抓，没想到这一下灵了，狗们猛然闪开了，往后退了一大截。这一退才使我的恐惧减少了一些，我才意识到刚才猫腰猫得早了。但是由于过度的惊吓，我觉得腿很软，本应该大步朝前走去，却迈得很缓很短。狗们于是受到了鼓励，发起又一轮冲击，我当下就理解了狗们冲动的原因，立即强装出勇往直前的样子，弯腰伸手的时候，动作有意很大，直腰起来的时候，把手扬得很高。这一下很灵，狗们立即大大后退了一截，我的胆也因之正了些，软着的腿也有了劲儿，步子就迈得大了快了。当然，狗们是不会善罢甘休的，在它们家门口，生人不离开对它家形成威胁的范围，它们是不会偃旗息鼓的，所以在后退了一截之后，又会有新的一轮冲击，但是我已经有经验了，我只要再一次姿势夸张地弯腰摸地起身扬手就行。就这样，我重复了几十次这样的动作，才离开了这群看家狗的职责范围，它们不再朝我冲击，只是朝我叫着，直到我消失在它们的视线里。

　　我在天阁村高小上了两年学，四个学期的每一个早晨，我都要经历和西介村的狗反反复复的战斗，对狗的厌恶达到了极点。中年以后，我们专业作家队伍中有几个同仁都患了腰椎间盘突出等腰部疾病，而我的腰一直很好，我想这和我少年时期在与狗的战斗中对腰的锻炼有关系。

二

十九岁时,我到空军当兵,驻扎在长沙空军基地,我们连队紧挨着一个大水塘,塘边有两户农家,这两户农家只竖着一幢房子,周围无墙无院无篱笆,只有两条狗常常吐着舌头凶神恶煞一般地游走在房子周围。老战士告诉我,只要是穿军装的,这两条狗都不咬,这就让我挺奇怪,难道狗也搞军民鱼水情?但我从来不接近这些狗,只是见过连队的其他干部战士从这两条狗旁边走过,几乎就挨着狗走,狗也一声不吭,甚至还摇着尾巴。第二年我当了班长,一天下午我和我班一个北京郊区的战士在菜地里锄草,锄热了,我们就将军衣脱了,只穿个背心干活。我们的菜地就挨着那两户农家,我们的身上没了军人标志,而且我们也没有防范意识,那两条狗就相约了一般从我们背后朝我们扑来,等我们听到动静,狗已经到了我们身边,少年时期我对狗的恐惧又一下子冲上了我的头。我刚要弯腰,却来不及了,狗的头几乎和我的头相对了,我就猛然一闪,狗没有咬住我,却将我的手抓伤了。与此同时,我那个北京籍战士却相当冷静,狗朝他扑去时他直着身子往后一闪，扑过来的狗就到了他面前，他顺势抓住狗的耳朵，一使劲儿，就把那条狗扔进了水塘里，一条凶恶的狗顿时成了一条落水狗，在水塘里使劲儿扑腾。咬我的这条狗见状，一扭头落荒而逃。北京籍战士抡起锄头砸过去，砸到了狗的尾巴梢，狗嗷嗷叫着一溜烟逃跑了，北京籍战士掂着锄头追过去，被我喝住了，因为这无比英勇的战士，可能会一锄头将狗腰打断，或者将狗腿打折，这无疑将影响到军民关系，解放军不拿老百姓一针一线，怎么能将老百姓的狗打残呢？北京籍战士虽然听从了我的命令，但是余恨未消，陪我到卫生队打了狂犬疫苗后，他有意不穿军装，只穿着衬衣，徒手到那两幢房子旁边走，嘴里还哼着京韵大鼓。那两条狗见了他，远远地躲开，就是不和他照面。晚上，两位湖南老乡拉着他们的狗到了我们班，见了我，狠狠地在狗脸上扇了两下，然后指着我，骂狗瞎了眼，连解放军的班长都不认得。两条狗这时候垂着尾巴，低头认罪的样子。

三

当兵第三年，我到宝鸡出差，路过我的家乡，就回家去看。那时候电话很不方便，加上出差是连队领导临时安排的，写信也来不及，我就直接搭公共汽车到了村口，然后走路回到家里。这才发现家里的院墙已经没有了。我们家乡的土是典型的壤土，夯打成墙以后，很结实，经过风吹雨打，五年以后，就成了肥料。看样子院墙已经施肥到地里几个月了，因为墙基已经光得和院子里的颜色几乎一样。我就径直朝房子里走去，正在炕上纺线的母亲一见我，又喜又惊，说："你咋说回来就回来了？"还没待我回答，又说："你咋能走到房子门口？"

母亲的第二句话问得很奇怪，我还没弄清怎么回事，母亲说："知道你怕狗，咱家一直没养狗，你走后，咱家就养了，咱家的狗比狼还凶，谁都近不了咱家院子，所以咱家院墙放了也不急着打起来，狗比院墙中用。"说着一扭头，"你看你这个东西，你从来没见过他，你咋就知道他是咱家人？"狗听着母亲的疼骂，上脸地跑到母亲跟前，摇头摆尾的，又到了我跟前，两眼柔柔地看着我。也怪，我见了它，似乎也有亲情，就伸手摸它的头，它就顺势偎在我的脚上，尾巴却高高地扬起来摇着。

由于院墙放了，我家两边的邻居似乎和我家一个院子，他们已经和狗相处了几个月了，但是狗却知道刚刚回家的我是它的主人，邻居们不是。因为邻居家的一个长辈听见我的声音，从屋里出来，喊着我的小名往我家这边走，他是个瞎子，下他家台阶时栽了一下，差一点摔倒，我就赶紧去扶，狗却以为我俩打架，威猛地叫了一声，就朝他扑去，还是母亲喝住了它。瞎子却吓得缩回屋里去，嘴里连连说着："你家这狗比人还争！""争"是关中方言，含有聪明、厉害等多种意思。

下午我和母亲到我本家的长辈家里探望，狗跟着我们去了，母亲对狗说："回去，看门去。"狗一扭头就去了。等我们串完门回来，看见狗就端端地蹲在院子中间，虎视眈眈地守卫着我家。

回部队后，我还时常想起我家的狗，想起存在于它身上截然相反的性格——凶残和温驯，就常常在给家里写信时问及家狗。父母亲回信时有时提及，有时不提。后来就不再提，我也没有在意。两年后我回家探亲时，才知道狗已经死了。母亲提到这事唏嘘不已，说那一晚上狗拍他们居住的房子门，母亲开了门，狗就扑进来，伏到地上，呜呜地低声叫。父亲拉开电灯，见狗两眼是泪，就知道出了事，连忙端来一盆水，让狗喝，还拿馍让狗吃。但狗不吃不喝，哭了一阵，就跑出屋去，一溜烟跑到村外，等到父亲撵到村外时，狗已不见了踪影。父母亲就着急起来，原先听我爷爷说过，家狗临死前就是这样向主人诀别的，他们硬是不愿相信这个事实，但是他们找遍了周围十几里的沟壑坡岭，也没有找见狗的踪影，这才不得不相信狗已去世的事实。因为所有灵透的狗，都知道自己的死亡时间，它们都会寻找到一个任何动物找不到的地方，悄然地死去。母亲抹着泪对我说："到哪儿寻这好的狗？前年春天，青黄不接，咱家一天吃两顿稀的，狗就知道家里粮短了，不在家里吃，竟在地里啃麦苗……"

四

那一天晚上飘起了雪，我在梦中竟然梦见我家的狗在雪地里撵兔子。醒来后我想着梦里的情景，心里泛酸。起来后见雪已经停了，地上积了半尺厚，风很硬，地上的雪也冻硬了，踏上去咔咔响。我对父亲说："我梦见咱的狗撵兔子了。"父亲低下头吸了一口气，说："今日村里人肯定要去撵兔，你跟着去看看耍耍，看着一群狗撵兔子，就把咱的狗忘了。"

但是这一天太冷了，出去撵兔的人只有三个，而且都是我们家族的兄弟，知道我想看狗撵兔子，才牵着狗出来的。我一看这些狗心里又难受了片刻，因为其中有一条狗和我家的狗是一个族系，属于细狗，长相也十分相似。我就走过去，想牵着这条狗，心里想，这要是我家的狗多好呀！家族兄弟就将狗缰绳递给我，但是狗不愿意，扭过头朝我的家族兄弟短着声叫，而且不走。我就只好将狗缰绳又交给家族兄弟。于是，我们走出村，走上了白茫茫的关中平原。

风直往衣服里钻，我们就都缩起脖子，尽量只露出眼睛，搜索兔子的脚印。按照以往的经验，走出村一个多小时以后，肯定能见到兔子的爪印，顺着脚印，就能找到兔子卧在雪里的地方，然后放开狗去撵。但是这一天，我们找了将近两个小时，却没有见到兔子的爪印，我心里就很灰，莫非是兔子被冷硬的风吹得不敢出来了？！

"那儿！"我的一个家族兄弟指着一个小小凸起的雪包说："那儿是兔子！"

我不信，"没有脚印，哪儿会有兔子？！"

但是在家族兄弟的手刚刚落下的时候，狗们也骚动起来，显然是它们闻见了兔子的气味。三个家族兄弟几乎同时放开了狗缰绳，就见三条狗箭一般地朝那个小雪堆跑去，并配合以威风的吼叫。雪堆里的兔子立即跳了起来，风卷一般朝前奔去。我根本看不清兔子奔跑的形状和动作，只见一个土黄色的团子往前飞。狗们却跑得非常矫健。这种细狗前裆宽后裆窄，腰细腿长，跑动时两条后腿一伸就到了前裆里，往前一奔就成了腾跃，速度自然就快于兔子。但是兔子是在逃命，加上雪冻硬了，兔子体形小，可以蹬着雪面跑，狗们却因为体积大，身量重，虽然是在腾跃，但是四个爪子还是踏进雪里去了，这就给了兔子逃命的时间。所以这一次撵兔子看似寻常却很艰难,我们跟在狗后面跑,跑得一身大汗的时候,就见狗们把兔子逼到了一个悬崖下面。前面是笔陡的悬崖,后面是要命的狗,兔子情急之下,跳了起来,却没能跳到悬崖上,于是就悲惨地落了下来。三条狗同时跳跃起来,兔子在还没有落地的时候,就已经被三条狗撕成了三块嚼在嘴里。

狗们却没有吃,就那样把兔子肉嚼着,跑到了我们面前,伸着嘴把嘴里的肉递给主人。我的三个家族兄弟于是将兔子的内脏摘出来,给狗吃了,狗们就吃得很夸张很满足。

这是我参加撵兔最累的一次,我觉得腿都有些软了,身上的汗开始变凉,就提议回去,小心感冒。

经过一片小坟地时,狗们却叫起来,我心里一动:"要回去了还能再弄只兔子!"

家族兄弟却说:"不是兔子,我刚才就看见了,是一条野狗。"

我心里一动:莫不是……大步走过去,就见一条狗从坟地里跑了出来,抖动着一身的雪往远处跑去,一幅落魄的样子。

我停住了步子,这哪儿是我家的狗呀,个子倒是不小,体形也好,完全是在我们关中流行的细狗,若是有人家养着,撵兔时很可能也是好身手,但是成了丧家犬,就没了一丝精神,狗的尾巴本应该是扬着的,可它的尾巴却猥琐地夹在后胯间。

五

1996年我到灵宝市担任副市长，这里是有名的黄金产地，市里的财政自然是富裕的，但更重要的是，开矿的农民也跟着富了，千万富翁有许多，亿万富翁也近十个。有钱的人家当然重视自己的安危，于是就真正地狡兔三窟起来，而且每一个窟，都建得像碉堡一样结实，并在全世界选择凶残敏捷的藏獒、黑贝或牧羊犬作为家庭警卫，这些品种不一的名狗被他们统一称呼为狼狗。一些仅有十几万或几十万的普通人家，也学着大户，兴起了买狼狗的风气。千百年来在黄河流域看家护院的狗被鄙夷地谓之为本地笨狗。送人是好的，大部分上了人们的餐桌。

但就在这个时候，灵宝、陕西交界的小秦岭产金区，出现了一个跨省杀人的团伙，三年之内，杀了七十多人，而且都是那些养着狼狗的黄金小户，一般都是灭门杀戮，而家里被公认的凶残暴烈的洋狗则完好无损。公安部门布下了天罗地网，也没能网住这伙凶犯。小秦岭地区的老百姓就说，眼和耳朵比人灵一百倍的狼狗都被这些贼娃子糊弄住了，公安再尽职也是人，咋能逮住？

但最后，杀人犯还是被公安干警逮住了。主犯竟然是一个个头不到一米六的精瘦小男人。这时候我已经担任了三门峡日报社的社长，为了做好这个案件的报道，我列席了对这个叫彭妙计的凶犯的审讯。在彭妙计的交代中，有一个情节令我震惊，并且深印在我的心里。

"我们都是晚上杀人抢钱，白天踩好点。一般都是我去踩点，如果见这家养着本地笨狗，他家再有钱我都不去，因为笨狗只忠实于自己的主子，你要尽手段它也不认，只是不住声地叫，这样叫着，还不把家里人叫醒了？！狼狗就不一样，狼狗看着凶，其实好哄得很。你一到，它准定要大声叫的，但你不用怕，叫几声主人也不会醒，因为它耳朵太灵，鼻子太尖，生人一到它家院跟前，它就叫唤，这样叫得多了，主人就不在意，但如果它一直不停地叫，而且越叫越凶，主人肯定会起来。但是这儿的人不知道，我只要拿一个竿竿，在狼狗开始扑咬的时候，把拴着它的铁链子拨拉一下，它就以为这家主人把它转卖给我了，我就成了它的新主人，任凭我在这家做甚，它都一声不吭。它家里的人都被我们杀光了，钱也拿走了，我们走的时候，它还对我摇尾巴。"

六

去年秋天，我到俄罗斯访问，我们的访问团里有几个摄影发烧友，一大早就起来寻找好的风景拍摄。那一天早晨我也起得早，就随他们一起行动，看到一处好风景，我们就直奔而去，军人出身的我走路比别人快，自然就不知不觉地走在最前面。没想到我的脚刚刚踏到一个歪斜的栅栏跟前，猛然间从栅栏里面冲出一条剽悍的狗，用剽悍两个字形容它毫不过分，因为它体壮背平，头大眼阔，腿粗裆宽，吠声恶蛮。说真的我吓了一大跳，凭着我少年时积累的经验，我立即猫下腰来在地上一抓，但这凶恶的俄罗斯狗根本没有理睬我的动作，勇往直前地朝我扑来。我手里什么也没有拿，就只好动物一般地大声朝它喊叫，并且挥动起胳膊做出搏斗状，而且下意识地后退了。也许就因为我后退了这一步，俄罗斯恶狗没有咬住我，而是被它的主人唤住了。这时候我惊魂未定，气喘吁吁，浑身的肌肉都在抖动。这件事立即引起访问团全体团员的重视，随团翻译和狗的主人交谈后，回来告诉我，那是一条俄罗斯退役警犬。我这才恍然大悟，警犬有如战士中的敢死队，任何对抗方式都不可能阻止它冲锋陷阵的步伐。

七

去年春天，我一个要好朋友的母亲在开封住院了，我得到消息后就去医院探望，探视完大娘后，朋友约我一起到他母亲居住的院子里看看。他母亲居住的地方我去过，因为他父亲在世时是解放军的高级将领，有一个花木茂密的独院。他父亲去世后，母亲养了一条狗。我们过去去他家时，人刚到院门跟前，狗就叫起来，我的朋友说这是欢迎，它闻到他的气味了。但这次我们到了院跟前，却没有听见狗叫，朋友就有些着急，问跟过来的解放军战士："我拜托你们每天给院里扔一个馒头，你们扔了没有？"解放军战士立即回答说每天都扔了，只是这几天听不到狗叫，他们也着急呢。我们就开了门进去，宽敞的院子里果然没有狗的踪影，找了一圈，没想到在一个偏僻的小角落，看到了那条曾经生龙活虎的狗。看到我们，它本能地往后缩了一下，但当它的目光和我的朋友的目光接触后，一下子站了起来，激动地走到他跟前，用头在他的脚上、腿上蹭，表示着它的高兴与幸福。我们走的时候，它已经完全恢复了先前的样子，摇头摆尾地，还变换着声音叫唤。临出门时，我的朋友摸着狗的头说："你放心，今后，每天都会有人来看你。"

  这件事使我感慨万千，再好的狗，没了主人，就丧了胆，连宣布自己存在的吠声都不敢出了！

八

今年过春节，郑州市解除了多年来对燃放烟花爆竹的禁令，所以大年三十晚上，特别是和大年初一交子之时，郑州市的爆竹声已经不能用震耳欲聋一词来形容了，简直是冲破云霄。但在第二天，许多养狗的郑州市民发现，他家的狗神经错乱了，虽然不是得了狂犬病，但是确实是疯了。经有关人士调查，凡是这一晚疯了的狗，都不在主人身边，要么被铁链拴在院子里，要么被关在狗窝里。而那些跟主人待在一起的狗，哪怕是胆小怕事的哈巴狗，都平安无事。

晚上我和几个朋友打牌，打着打着不自觉地就讨论起这种现象。我的一个学识渊博的朋友说："被吓疯的这些狗，是纯粹的狗，而不是犬，《说文》上说得清清楚楚，四趾后边有一个趾头平时悬着不着地的狗，才是犬，你只听说过猎犬、警犬，你啥时候听说过猎狗、警狗？"

这话使我想起爷爷对我说过的话，好狗的一根趾头是翘在后面的，平时不用，撵兔时，悬着的趾头就发力了。爷爷说得对，我想起家乡的细狗，撵兔时后腿伸到前腿裆里的情景，就是在后腿到了前腿裆里那一刹那，后脚上悬着的那根趾头暴发性地发力。

我刚想到这儿,另一个朋友立即指出:"不对,被吓疯的何止是小狗,大型犬多的是!我邻居家的狼狗,后面的趾头就悬着,照样疯了。"

大家愣了一下,于是继续打牌。

我心里却一直装着这事,自然不断出错牌,遭到朋友们善意的讥笑,说我也被爆竹声吓疯了。我笑笑,干脆停下来,说:"人说心无二用,我这一会儿一直在想这个犬字。大家看看,构成犬字的重要部分是大字,大字在一定时候被念作大(dài),比如大王、大夫。能凌驾于万人之上气指意使的人才叫作大王,能治病救人的人才叫作大夫。而犬字,比大还多了一点,可见人们对犬的高评。但是这个大字再拆,就是一个人拿着武器,古时候人最直接的武器就是棍子,一个人扛着武器就是大,而人扛着武器驯化出来帮人狩猎的动物,人们在造字时,在大字上再加一点,为它命名,就成了犬,说明人们对犬厚爱有加。"

刚才说出犬和狗的区别的朋友悟性很高,立即接住我的话说:"我明白了,这个犬字,主要是靠人字撑着,没了人,犬字就剩下了一横一点,成了地面上微不足道的一个小点!"

这个说法立即引起大家的共鸣,甚至有人击掌。在座的有一个记者,我对他说:"明年过年前,你应该在报上发一个倡议,倡议养狗的人,把狗带到自己身边过除夕。"

记者笑了:"我不敢保证报社总编能签发我的倡议稿,但我可以把我的倡议贴到网上去。"

白鷺

一

那是二十世纪八十年代一个有火烧云的黄昏，天上的红色随着云彩的游走漂移呈现出变幻无穷的放射状，地上的树、房子、柏油马路以至于行走的人和车辆也都被映红了。我就是被这迷人的红色从家里吸引到街上的，我一会儿看看天上，一会儿看看四周和地面。那时候我住在省委家属院，院里的官员大都行色匆匆。一位和我熟悉的官员急急地走到我面前，问我哪里不舒服，我才知道我这种为景色所动的行为，在官员们眼里显得有些神经兮兮，便快步走到街上去，在一个不为人注意的地方伫立观景。

片刻之后，我发现在天地之间的红色里，有一行白色的鸟飞过去了，我的眼睛不由自主地就跟着鸟的翅膀移动，鸟飞过去的地方红色依旧，鸟的翅膀没有把红色剪断，但是鸟飞行着的地方景色就生动了。偶尔还有一声两声鸣叫，叫得我心动，叫得我心酸，因为我少年时期在乡村，眼里每天都有鸟的身影，耳朵里每天都有鸟的声音，生活过程的许多氛围都有鸟，在这样的环境中朗读"关关雎鸠，在河之洲，窈窕淑女，君子好逑。"就很自然，甚至油然认为，人类爱情的开始和发展，是和鸟的声音与行动连在一起的，甚至可以说，鸟见证了人类的爱和繁衍。但是进了城市以后，特别是进了大城市以后，很少看到野生的鸟了。偶见飞翔物，有风筝，有鸽子。鸽子是人养的，有的背上还戴着哨，本来轻轻松松在天空飞行的鸽子，背上了能发声的沉重的哨子，真是一件悲哀的事。但养鸽子的人是不管它的悲哀与否的，因为鸽子和鸡鸭一样，是人所养的禽，它们的行为就由人来控制。在乡村时，我可以从鸟的踪迹上判断季节，燕子来了，我知道春天到了，大雁南飞，我知道冬天要来了。但在城市，许多年以来我已经看不到它们了。所以，这一行白色鸟让我怦然心动，是什么原因，让它们壮起胆，从陇海、京广两大钢铁动脉交会处的郑州飞过？视觉、嗅觉等感觉异常灵敏的它们，难道没有被庞大的郑州冲上天空的腾腾热气和人类的浓重气味所吓走？

这样想着，却见它们从飞行变成了盘旋，盘旋在金水大道上的那撑着巨大伞盖的法国梧桐上面。顷刻间，叫声稠密了，热烈了，树的伞盖里，竟然还有白色鸟飞起来，似是迎接，似是挪位，那一行白色鸟就在这时候落下去了，落在了那片浓荫里。

我的手情不自禁地握了一下，又展开了。我在心里问自己，难道它们居住在这里了吗？两只脚不由自主地朝金水大道走去。

似乎为了回答我的疑问,又有一群白色鸟从天上飞过,几乎就从我的头顶飞过,又那样随心所欲地用翅膀剪着霞光,又那样飘逸地在树上盘旋,最后落下来。

　　我的心里油然生了感动,是为这白色鸟而感动吗?当然是,但不全是,感动的成分还应该有这个城市的绿色和居住在这片绿色中的人。多少次我坐飞机飞临这个城市上空,深情俯瞰,满城的绿色像水墨画一样泗入我的眼。点缀在绿色之间的,是人类使用的建筑。我一次又一次地比较着绿色和建筑所占面积的多少,结果都是绿色多而建筑少。在做着这样比较的时候,我就想过,这么多的绿色是由大片的树木组成的,这些树木中以法国梧桐为主,郑州的沙质土壤很容易使法国梧桐发达的根系深入扩展,从而使树的主杆和枝叶繁茂兴旺。但是,这么好的绿色伞盖里,怎么看不到鸟的踪迹呢?不用深入思考,就知道是人的原因,因为在目前的地球上,动物们最大的敌人就是人类,人类用射程越来越远、瞄准度越来越高的枪支,用细小得几乎看不见的尼龙编成网,捕杀鸟类。所以,这里的树木再好,它们也不敢来,因为人类本身所散发出来的热气,和人类所使用的工具、设施飞扬出来的热气混合成巨大的热浪,浩浩荡荡地冲向天空,并轰轰烈烈地向外扩散,对人类长期产生恐惧的鸟们,对这种热浪应该是极其熟悉而又极端反感的。所以,我进城三十多年了,还没有见过大雁从城市上空飞过。我以为大雁离开了中原,后来才知道大雁是绕开城市迁徙飞行的,也就是绕开人类迁徙飞行的。

最近几年来,我坐飞机飞临郑州上空时,却不再朝下看了,甚至不愿意坐在窗口位置,因为随着郑州的快速发展,城市里的建筑越来越多,树木却越来越少。就像一个一头茂发的英俊小伙子,突然歇顶了,英俊自然是不能再说了,展现给人们的,是他为了盖住秃顶部分,动员周围所有的头发做出地方支援中央的姿态。我心里明白,郑州是在搞建设,是在发展,过去的小郑州的格局需要改变,于是就将树给"改"了,"改"树的重要举动是没有和市民商量的。我曾经想过,如果要扩展道路,完全可以把行道树原来所护着的道路留着,在树的外边加宽一条道路,这样,树被保护了,已经很挺拔的大树,比起人们现在设置的护栏要强多了。我曾很遗憾地把我的想法给一位朋友说过,他一挥手说我不懂,又一摆手说:"你都没听人家说过:扒扒挖挖,弄几个花花?!老树不挖了,哪能买新树,不买新树咋能把钱套出来?"我虽然不完全同意这位朋友的说法,但我知道这种砍树扩建道路的做法已经在市民中引起公愤。但市民的公愤起不到任何作用,因为他们说话就像来去无影的风。我的朋友继续说:"他们挖了恁多树,咋不敢挖省委周围的树呢?因为河南省最大的官在省委,他们就怕省委领导说一个不字。从这个方面也印证了他们知道挖树不对,要不,他们为什么不理直气壮地把省委周围的树挖了呢?!"

也多亏他们没有壮起胆子,要不,白色鸟怎么会光临郑州呢?

就在我一脸喜悦地看着白色鸟并朝它们走去的时候,一个熟悉的声音唤住了我,是作家老张斌。他说他刚刚看鸟回来,并一连用了三个"太":"太美了,太壮观了,太动人了。你做梦都不会想到,白鹭鸟会来郑州住。"

我一愣:"这是白鹭鸟?"

"当然啦!"老张斌说,"我仔细看过了,是白鹭,只有白鹭、天鹅和仙鹤,才有那么高贵的白色羽毛,你看看,"他指着正从天上飞过去的一行白鹭鸟,"它们飞行中身体的姿势是浪漫的S形,像舞台上柔性若水的青衣。"

我一看,还真是,真是S形,不像白天鹅飞得那么舒展,却完全显出了它的特色,那就是飘逸,诗圣杜甫的绝句立即涌上心头:"两个黄鹂鸣翠柳,一行白鹭上青天。窗含西岭千秋雪,门泊东吴万里船。"这首诗是杜甫在成都浣花溪草堂闲居时写的,描绘的是四川和中国南方的景色,也就是说,在中国南方,黄鹂和白鹭可以一年四季同处于一个画面中。我在广州空军服役时,常常穿行于湖南、广东、广西。白鹭鸟是常见的鸟,因为南方鸟多,并没有引起我的特别注意。只记得有一次我们帮老百姓插秧时，看见牛背上站着一只白颜色的鸟，觉得奇怪，一问，才知道是白鹭。老百姓说这鸟爱吃水里的泥鳅鱼虾，爱在牛背上歇脚，若看见牛背上有寄生虫，它就吃了，更重要的是它往牛背上一立，牛蝇、蚊子就不敢到牛跟前了。所以，牛喜欢它，农人也喜欢它，它往牛背上一立，使唤牛的农人就不再用鞭子赶牛，不是心疼牛，而是怕把白鹭赶走了。

想到这里，我对老张斌说："白鹭是南方的鸟，咋会到咱们这儿落户呢？"

"就是。"老张斌说，"我也有这个疑问，但是我自己回答了，只有一个原因，那就是咱们这儿比南方生活条件好。"

"咱这儿还能比南方生活条件好？！"我禁不住惊呼。惊呼之后心里就一片苍凉，郑州的大片建筑已经让郑州变成了"谢顶男人"，难道南方的丛林湿地也已经满目疮痍？！

不管怎么说，白鹭鸟来到我们郑州，总是好事！告别老张斌后，我就去金水大道看白鹭。

围绕着河南省委的金水大道、经六路和经七路两边，矗立着高大粗壮的法国梧桐，像挺胸昂首的一群男子汉，树的顶梢很高，而且依然朝天上飞扬着，树的枝干舒展地伸开来，一棵树与另一棵树的距离恰到好处，它们的枝干末梢，相连相依，像手牵手一样。于是，道路顶端的天空上，就形成了浓密的绿色伞盖，白鹭鸟就在这浓密的绿色中落脚了，可以看见它们做的简易的巢，一个一个，星罗棋布，更重要的是，有的鸟还衔着树枝，做着新的巢窝。稠密的树枝间，成片地卧着白鹭鸟，从树上传来"咯咯""哇哇"的叫声，似在谈话，似在对鸣，似在欢歌。天上又有鸟群飞来，不知是相识还是本能的热情，树上的白鹭有的飞起来，有的对着天上鸣叫，就在这样的呼应中，新的鸟群又落下了，鲜嫩的绿色中又增加了新的洁白。鸟在树间穿行，树枝动着，树叶动着，鸟也动着，金水大道两边的林荫上，跃动着一片鲜活的生命。

天渐渐暗下来，火烧云淡了下去，暮色漫了上来。天上飞翔的鸟越来越少了，树间的鸟大部分却没有归巢，像人类爱在黄昏时纳凉一样，它们也在树枝上卧着，间或扇扇翅膀，鸣叫声却是不断的，没有起承转合，只有热烈、热情、热闹，似乎每一个白鹭鸟都在张扬着自己的活力和个性。

这些都是我所陌生的，正因为陌生，才感到新鲜生动，所以，直到暮色完全遮盖了它们，仅仅能听见它们的叫声时，我才依依不舍地离开金水大道。

回家后我查阅了许多资料，才知道白鹭鸟确实是南方的鸟，但也有作为夏候鸟在我国中部地区和东北沿海地区生活的记录。而且，几千年前，古人就用诗歌咏了白鹭鸟在中部地区生活的情景,《诗经·臣工之什·振鹭》里就有著名诗句:"振鹭于飞,于彼西雍。"描述了成群的白鹭鸟在丰镐西边水泊上空飞翔的盛况。丰镐为西周都城,在陕西关中,离长安很近。长安和郑州同在北纬35度线左右,西周时,丰镐西边有沣河形成的水泊。现在,郑州背面有黄河湿地,城市里又有遮天蔽日的林荫,为它们的生活提供了比较好的条件,所以它们就来了,而且组成了这么大的队伍,像一支白色的集团军,驻扎在郑州市金水大道的绿色中了。

二

　　白鹭鸟的到来,很快引起郑州市许多市民的关注。白天大家都上班,到了黄昏,人们从郑州市不同的地域赶到金水大道,来看白鹭,一时间成了郑州市一大景观。那时候我担任专业作家,白天写作,黄昏时正是散步的时间,于是,我的脚步就常常在金水大道流连。

　　由于长时间的观察,白鹭鸟的形象清晰地印在我的心里,它们天生丽质,身体修长,腿是细长的,脖子是细长的,就连嘴和脚趾,也是细长的,正如每一个少女所梦想的苗条身材。我想它们的所有这些苗条，都是为了飞行的便捷。它们的嘴是黄色的，若新开的菊花。腿和脚是黑色的，让我联想到结实的钢筋。最让人爱的还是它们全身的白，那是如雪的羽毛。它们的翼展很长，飞起来，俨然一位优雅的白雪公主。

很快，我发现它们中大部分的冠羽有了变化。冠羽是学术上的称谓，实际上是白鹭鸟头顶的羽毛，这些白鹭鸟头顶后部的羽毛，有两根长了出来，而且以很快的速度成长，在不长的时间里，两根羽毛的长度就达到身体的一半。飞翔的时候，这两根羽毛像戏曲中将领所插的鸡毛翎一样，而鸡毛翎是插上去的，是假的。白鹭鸟的这两根羽毛却是自身成长出来的，所以其美丽灵便的程度，远远超过鸡毛翎，像乡村少女梳在脑后的两条彰显着魅力的辫子。

这就让我感到奇怪，一是为什么有的白鹭鸟长出那么美丽的两根羽毛，而另一些没有长出？二是大自然怎么会有那么神奇的造化？这两根羽毛显然不是为了飞行，而是为了装饰，装饰的效果简直是太漂亮了。但是，在鸟类和动物界，生存永远是第一位的，这样的装饰当然会影响飞行速度，影响了飞行速度就会对生存产生威胁。不说别的，就是那些潜藏在湿地里的蟒蛇、蜥蜴等爬行动物和翱翔在天上的鹰类食肉动物，都是白鹭鸟的天敌。而速度，是白鹭鸟们生命免受危害的最重要手段。如此说来，那两根羽毛肯定具有和生命同样重要的作用，是什么作用呢？

那一天晚上我查阅了许多资料，甚至搬出了《山海经》，这才弄清楚，那两根羽毛确实是为了装饰，装饰的目的竟然和人类一样，是为了爱。

这两根羽毛是成年白鹭鸟进入发情期和繁殖期的表示，已经有了配偶的白鹭鸟用这两根羽毛表示自己正在幸福地繁殖，没有配偶的白鹭鸟则用这美丽的羽毛吸引异性。正因为如此，老年白鹭鸟和少年白鹭鸟没有长出那两根羽毛，因为它们处于让生命成长和延续的阶段。

终于有一天，我见到林业局一位鸟类专家。听了我的研究成果，他笑了，说："你说的都对，但你说已经有配偶的白鹭鸟，用那两根羽毛表示自己正在幸福地繁殖着不对。白鹭鸟是有家庭，而且相对稳定，但是繁殖期的白鹭鸟常有婚外恋行为，那两根羽毛表示它处在繁殖期，也就是处在可以交配的时期，这是产生婚外恋的前提。更重要的是，白鹭鸟是很容易伤亡的，丧偶的白鹭鸟很快就能和异性白鹭鸟组成新的家庭。从这个意义上讲，白鹭鸟的婚外恋行为其实是族群发展的需要。"

专家的话虽然让我很震惊，但我很快笑了："看来，白鹭鸟比人还浪漫。"

"重要的还不在浪漫，"专家说，"而在于不管雌雄白鹭鸟，所选择的婚外白鹭鸟，都是比配偶更优良的个体，而且，这种婚外恋选择普遍存在，这样一来，就使得种群朝着健康、优良的方向发展。是进化，而不是衰退。"

进入繁殖期的白鹭鸟更加活跃而忙碌了，白天，它们来往于黄河湿地和郑州之间，黄昏一到，叫声异常热烈，甚至不断有带着长冠羽的白鹭鸟在林间或林梢跳跃，跳跃的同时翅膀配合着扇动，嘴里配合着鸣叫，若舞蹈、若歌唱。依在西边大楼旁的夕阳将柔和的光线飞散过来，给了它们对比强烈的明暗，就使得它们的歌舞分外迷人。

正因为如此，来看白鹭鸟的人更多了，甚至有一些摄影爱好者，站在房顶上，把腰弓得像把镰刀，闭着一只眼睁着一只眼，把本来平常的脸孔弄得很狰狞。但这种狰狞有好的回报，那是发表在多种报刊上的白鹭鸟照片。白鹭鸟完全为它们自己在那里生活着，由于摄影者或者新闻记者的参与，它们的踪影变成了照片，照片发表后，照片成了艺术品，摄影者成了摄影家，而艺术的主体依然在那里生活着。但是由于媒体的传播，它们声名远扬了，来看它们的人就更多了。

三

与此同时，其他问题出现了。

任何道路上任何时候都可能出现交通事故，但是由于在省委周围观看白鹭鸟的人多了，在这里出现的交通事故，就被一些人不假思索地把始作俑者指向白鹭鸟。

于是就有了议论："凡好看的东西不能老看，老看了就要为好看的东西流血。"

一些文化层次高些的人说得更玄乎："得宝者必为宝亡，赏宝者必为宝伤！"

媒体是不可能把这些议论传播出去的，但是这种议论在人群中迅速弥散。奇怪的是，越是这样的议论多，来看鸟的人越多。我在寻找着其中的原因时，一位朋友告诉我："凡是人，都有探险心理，有些是本能的狂热，有些是下意识的。"

听到这种观点我苦笑了一下："看这么美的白鹭鸟，变成了探险？！"

朋友朝我撇了一下嘴，然后指着白鹭鸟居住的法国梧桐树下面："你看着，你一直看着，你就明白有没有险情了。"

依着他指的地方，我看了半天，也没看出名堂，就对朋友说："我这眼拙，没看到。"

话音刚落,就见我们面前不远的树上飞泻下来一串稀流,那是白鹭鸟的粪便。两个恋人模样的青年正好从那里经过,他俩惊呼着跳开了,但是,还是有一些白色的、稀汤般的粪便洒到了他们身上。一对男女大叫着跑开了,跑到了树荫外面,这个外面就是金水大道主干道,因为大树把路一侧的墙都遮住了,也就是说,你到了墙跟前照样会遇到白鹭鸟的粪便,他们只有跑到主干道上,宁愿闪闪躲躲地躲着来往的汽车,比白鹭鸟的粪便危险一百倍的汽车,也不愿意从树下走了。

我拍了一下头,朝朋友笑笑。

朋友告诉我:"白鹭鸟带来的麻烦不止这些,你看这路上,灰色的柏油路面变成白色的了,都是白鹭鸟的稀屎染的,扫是扫不掉的,就是用水冲,也只能冲掉刚刚洒下来的,干了以后的粪便是冲不掉的,环卫部门简直头疼死了。"

我看着路面上的白色,禁不住感慨:"白鹭鸟浑身洁白得像天使,拉下来的粪便也这么白净,真是难能可贵。"

朋友一愣,突然大笑了,大幅度地摇着手:"你们这些作家呀……不说了不说了!"说是不说了还是继续说下去,"你们呀,活在精神里,准确地说,你们都是浅层的精神病患者。"见我依然微笑地看着他,他谈兴更浓,"有些学生这时候正在家里做作业,白鹭鸟的叫声弄得他们不得安宁,已经有不少家长向环保部门投诉。还有一个现象,常常在半夜,这些鸟不知道被啥东西惊了,大呼小叫,弄得很多老人夜半惊醒。还有人因为受惊犯了心脏病!这些你都知道不?环保部门头疼死了,政府部门也头疼死了。"

这些情况我确实不知道,我就住在省委家属院,鸟的叫声总让我觉得很悦耳,但没想到鸟的鸣叫对一些人形成了声音污染,更没想到这种鸣叫会对一些人产生恐怖袭击。但细想想又觉得合情合理。于是就担心了,担心一些人会把白鹭鸟赶走,更担心政府部门出面,驱赶白鹭鸟。

朋友说:"一些人的建议非常具体,最方便、最无污染的是用消防水龙,连续冲他个十几天,就把它们赶走了。但这太惹眼,容易让爱白鹭鸟的人出来反对,因为爱白鹭鸟的人,占市民中的大多数。所以前几天,一位化学专家向政府建议,向法国梧桐树上喷一种化学制剂,这种制剂对人无害,对鸟略有危害,鸟就不会再来了。"

就到这里,一位老太太缓慢地从我们面前走过,打着一把太阳伞。

"你看看,"我的朋友说,"天都快黑了,老人家还打伞弄啥?不就是防白鹭鸟的粪便嘛!"

我想都没想就说:"不可能是这原因。"说着就过去问老太太，没想到老太太的回答竟然和朋友说的一样。

我感到很懊丧，虽然朋友说的是郑州市一些人的想法和行为，但是从言语中可以听出，朋友是和他们持同样观点的。看着老太太走远了，我对朋友摇摇头，说："你也算是饱读诗书的人，你不应该不熟悉诗经里的振鹭吧？！"

"当然知道，而且可以背诵。"说着真的背诵起来，"振鹭于飞，于彼西雍。我客戾止，亦有斯容。在彼无恶，在此无斁。庶几夙夜，以永终誉。"看着我，"对不对？"

我点点头："背得这么熟，你还……"

朋友笑笑打断我："你应该明白，那时候的人喜欢白鹭鸟，把远道而来的客人比作受人们欢迎的白鹭，是当时的生活环境引导了人的审美情趣。现在时代进步了，人们有电脑有汽车，还有飞机手机，人的爱好也随着时代的发展飞跃着，难道当时的人刀耕火种，你还让现在的人回到刀耕火种时代？"

我看着他："时代是进步了，但是人的爱心是不会变的。"

他笑了，用手指一闪一闪地指着我："你呀，整个一个伪君子，你若真是动物保护主义者，你就不该穿皮鞋，因为它都是用动物皮做的。"

我一下子愣了，看着我脚上的皮鞋，就觉得很刺眼，脸上的笑容顿时消失了。

回家后，我立即给那位林业局的鸟类专家打电话，说了目前的情况，并表示了我的担忧："如果郑州市民连一群白鹭鸟都容不下，就太让人不可思议了！如果政府同意了那个狗屁化学专家的建议，我会向政府抗议！"

鸟类专家笑了："你放心，你说的这些我都知道，但是呢，他们再折腾也是瞎折腾，因为白鹭鸟是国家二级保护动物，谁敢动它谁就违法！"

放下电话我心里舒坦了许多，晚上睡得很香。

果然，一个多月过去后，那些议论依然存在，但仅仅作为议论存在着，没有丝毫影响到白鹭鸟的生存状况。从金水大道上经过的行人，打伞的越来越多了。白鹭鸟白色的粪便几乎覆盖了金水大道树下的所有路面，从这些白色路面上穿行的汽车，经常会被从天而降的白色稀流袭击，噼啪有声地打在车身或车玻璃上。开始时司机们很不习惯，骂骂咧咧，然后去洗车，后来大家习以为常了，只知道这白色的东西黏度很高，要趁没干时就去洗，晚一点，等到干了，洗起来就很费事。

那些想赶走白鹭鸟的人，终于注意到汽车遭遇白鹭鸟粪便污染的事情了。他们打着伞登记着被袭击车辆的牌照。终于有一天，他们欣喜若狂地奔走相告，省委某某某领导的车被白鹭鸟拉了前后一条线，从玻璃上直到后备箱上，玻璃上稀拉拉一片，领导今天上午办公心情一定糟到了极点，很可能会下令把白鹭鸟轰走。

但他们等了几天也没有等来这样的消息，就很着急，他们认为这是一个重要契机，领导的话一句顶一万句，于是他们辗转找到那位领导的司机，他们研究好了方案，如果领导没有就此事表态，他们要先想法激起司机对白鹭鸟的反感，然后让司机影响领导的情绪。没想到领导的司机说，领导看见鸟拉了一汽车，不但没有反感，反倒说像生活在田园里一样，还说郑州人的文明素质提高了，像欧洲那些发达国家一样，满街飞的都是鸽子，鸽子到处拉屎，人们不但不反感，还给鸽子喂食。

一听这话，那些人顿时停电了，怏怏而散。

这件事很快在郑州市传开，后来又辗转传到那位领导耳朵里，这位领导听了以后很严肃地说："这不单是一个爱鸟的问题，更是一个守法的问题，为什么那些人会有权大于法的意识呢？！看来我们越是职务高，越要增强法律意识，转变群众对我们的看法！"

这期间，那些白鹭鸟依然在金水大道两旁的林荫道上快乐地生活着，他们不知道，人群中发生了这么多关于它们的事情。

四

　　天气渐渐热起来,黄昏时看白鹭鸟的人就越来越多,他们惊奇地发现,树下常常有掉下来的小鱼小虾,于是,那些家里养有小猫小狗的人们,就到树下去捡。诗人马新朝说,他发现有些人一个傍晚能捡一斤多。

　　我对这种现象感到不理解,就打电话问那位鸟类专家,通过这一段时间的交往,或者说通过白鹭鸟做媒介,我们成了好朋友。他听完我的叙述叫我想一想,而且反问我一句:"原来没有,现在有,说明白鹭鸟的家庭有了变化,你还不明白么?"

　　我恍然大悟:"它们生孩子了?"

　　"不是孩子,白鹭鸟是卵生,一般来说,母鸟生到五枚卵,就开始孵化,前天上午我刚刚去考察过,小鸟已经出壳,正是老鸟哺育它们的时候。它们要到黄河湿地衔来鱼虾,经过长途飞行,然后飞到鸟窝边,喂给小鸟,往往就是在喂食小鸟的时候,小鸟嘴巴没噙住,就掉下来,因为白鹭鸟的窝做得很简单,鱼虾就从缝隙中漏下来。如果在野外,白鹭鸟会把掉下来的鱼虾再用嘴衔起来,送给小鸟,但是,这是在城市,树下跑着车,跑着人,它敢下来吗?它只有看着辛辛苦苦带回家的食物掉到地上,然后看着小鸟挨饿,因为天要黑了,它们再出去捕食,就有危险了。"

放下电话我心里很难受,那些丢掉食物的白鹭鸟家庭,这一个晚上注定是难以度过的。我在屋里长久徘徊,怎么办呢?难道为了白鹭鸟的哺育,禁止人们和车辆在金水大道通行?

这显然是不可能的,白鹭鸟要生活,人类也要生活。进一步想,其实人类在生存和繁衍过程中,遇到的困难并不比白鹭鸟少,由于天灾人祸,给一个个家庭造成的伤害,四处可见。

这样一想,心里好受一些,一句常用俗语涌上心头:明天太阳照常出来,明天的太阳还是今天的太阳。

十几天以后,树下掉鱼虾的情况还是时有发生,但较之与前些时候,少了许多。我就想,小鸟应该长大一些了,鸟大了嘴自然也大了,大鸟喂的鱼虾就不容易掉下来了。

我同时想到,白鹭鸟在郑州既然作为夏候鸟,秋天就要飞回南方。那么,这些小鸟必须在秋天长成,然后随着父母飞往南方。否则,它们受不了郑州寒冷的冬天,会在这里饥寒交迫地死亡,这是大自然不可违抗的规律。如此一来,它们必须有充足的食物,以供应身体急速的成长。此后看见天上飞过去的白鹭鸟,总觉得它们匆匆来去,是为了寻找、捕捉、运载食物给自己的子女,期望它们迅速长大。于是就叹息:可怜天下父母心,何止是人类!

又是一个黄昏，我又到金水大道上散步，为了躲避白鹭鸟的粪便，我已经总结出了规律，道路上白色的白鹭鸟粪便痕迹是有浓淡疏密的，只要循着颜色浅的地方走，一般不会遭受空难。

这时候太阳被西边的大楼完全挡住了，但天空上的光线依然明亮，树下的光亮也还清晰，我就趁着这些光线仰头看着树上。耳畔突然响起汽车急骤的刹车声，随后是一片刹车声。

循声望去，就见一辆辆汽车停在我前面不远处的马路上，原因是一只小白鹭鸟从树上掉下来了，敏感的汽车司机及时刹了车，才使得那只小白鹭鸟在路面上免受灭顶之灾。

那一刻我不知道自己怎么那么冲动，大步跑过去，将跌落在路面上的小白鹭鸟捧起来，小心翼翼地捧着走到路边，这才想起对那位及时刹车的司机表示感谢，没想到那辆汽车已经开走了，一大片汽车流从我面前奔涌而过。

"好人啦！"我在心里对自己说，善良的人保护生物、保护美丽，是出于本能，他的及时刹车，很可能是下意识，因为人的本能决定下意识，而且善良的人一般来说对自己的善良行为习以为常，不求回报，所以看见我那么心疼白鹭鸟，他就放心了，就一声不吭地走了。

看着远去的汽车，我不由想起发生在澳大利亚的一件事情，一只行动异常迟缓的考拉于夜色中穿越高速公路，高速行驶在公路上的一辆汽车紧急刹车，随后是很多汽车的刹车。开车行驶于高速公路上的人们，很多是有急事要去办的，但是他们都很有耐心地等待着考拉从面前蠕动一般地爬过。等待的车辆后来排到一公里多长，考拉才从高速公路上穿过，司机们这才放心地加速行驶。

这时候小白鹭鸟在我的手掌里挣扎蠕动，它的羽毛还未丰满，但是眼睛很亮，嘴巴的那种黄嫩像桃花初绽时的新蕊，它显然是恐惧的，眼睛看着我，细细的腿在蹬，根本不能飞行的翅膀在往外撑，显然是生命本能的飞行欲望，而且叫，声音很小，但很牵人心，甚至让人心碎。我就朝树上看去，我当然要把它送回家去，但树上有很多鸟窝，哪一个是它的家呢？

谢天谢地，我从它跌落的地点垂直往上看去，那里鸟窝就一个，在一根树枝上。旁边不远处也有鸟窝，但是，如果从那些窝里掉下来，就会掉在另外的地方。而且，我看见两只白鹭鸟站在窝前，朝地面上看着，它们眼睛的视点不像人类，否则我会判断出它是不是在看着我，但我听见了它们的叫，"哇"的一声，紧接着，另一只也叫了，也是"哇"的一声。

这时候我的身边已经聚集了许多人，大多数人都在议论着老鸟的着急和小鸟的可爱，但突然响起一个很让我反感的声音："这么嫩的鸟，肉最香了。"

我禁不住朝他瞪了一眼，但我犯不着和这种没有爱心的人生气，我用一只手捧着小白鹭鸟，另一只手整理了一下鞋子和衣服，然后朝树上爬去。

小时候在农村，我常常爬树捋槐花和榆钱，虽然多年不爬树了，但基本功夫还在，所以很快就爬上了主干。在树下人群的议论和赞扬声中，我歇了一会儿，然后朝连接着鸟窝的那根树枝的主枝爬去，爬到主枝的分岔处时，我已经浑身出汗了，这时候那两只老鸟朝着我叫唤，另外一些窝的老鸟也朝着我叫唤，有些还飞起来，叫声连成一片。我想，它们肯定不会以为我是放小鸟归家的，它们对人类的恐惧是由来已久的。我的那位鸟类专家朋友告诉我，这些白鹭鸟一般都在上午十一点以后才出去捕食，因为去早了，鱼虾在浅滩，它们就必须去浅滩捕食，这就给那些捕捉白鹭鸟的人提供了机会，白鹭鸟洁白的羽毛有极强的装饰作用，所以在市场上价格很高，这就使得那些利欲熏心的人杀气腾腾地扑向它们。

我看着这些狂躁而又恐惧的白鹭鸟，意识到自己必须尽快把小鸟放回家，否则，整个大树上的鸟都不得安生。

那时候我还比较瘦，要是现在，我的体重绝对会把那根树枝压断。所以我深深地吸了一口气，动作很轻地朝那根细枝上爬去，没想到爬到一半的时候，树枝弯了，我只觉心里"吭腾"一声：要是这树枝断了，我肯定会像手里这只小白鹭鸟一样摔到地上，不说会不会摔伤，就是那些川流不息的汽车也会撞上我或压住我。而且，搭在树枝上的鸟窝，也会随着树枝摔到地上，里面的所有小鸟都会摔下来，正所谓"覆巢之下，岂有完卵"。

我朝两边看了看，心里有底了，另外两根树枝离我都很近，万一有个闪失，我会立即抓住另一根树枝的。于是我就不再担心，在大群的白鹭鸟狂怒的叫声中，向上爬去。

我怎么也没有想到，作为父母的那两只白鹭鸟，离我很近却不敢来啄我，竟跳到了和我头顶垂直的树枝上，扑踏踏朝我拉起屎来。我的头顶上，顿时汪了一片稀流，并且顺着头发，往脸上流淌。

我反感极了，也愤怒到了极点，但我唯一能做的事情是尽快把小鸟放到窝里去。也就蹿了两下，我爬到了鸟窝跟前，一伸手，把那只小白鹭鸟放了进去。

小白鹭鸟显然激动极了，一下子就朝窝里面钻去。窝里面还有四只鸟，和它一般大小，我原以为它们会热烈欢迎它们的同胞归来，没想到它们很不友好地啄着它，吓得它缩到窝的一边。

我来不及再观察，也来不及考察它们，因为树枝已经很弯了，而且头顶上的稀流淌得我很恶心，我必须立即下去，才能保证我安全到达地面，然后回家，洗掉头上的鸟屎。

往下是很快的,我几乎是溜下来的,所以很快到达地面。许多驻足于树下的人们像欢迎英雄一样欢迎我,有些人拿出手绢要为我擦鸟屎,也有一些人用不理解的眼光看着我。但我来不及和大家交流,匆匆到家,洗掉了头上的污秽物。

洗完了我也笑了,对那两只老鸟的愤怒也没了,只觉得自己做了一件好事,今天晚上一定会睡个好觉。

但那几只小鸟啄同胞的画面一直让我不安,我就想,是不是我放错了家,别的家庭肯定不会欢迎它,那样,我这次几近于冒险的行为就白搭了。

于是我给我那位鸟类专家朋友打了电话,他一听先是表扬了我一番,然后说:"肯定是一家,白鹭鸟小鸟之间,是互相排斥的,因为它们处在快速成长期,食物永远是不够的,总希望兄弟姐妹少一些。"

放下电话,我突然想起萨特的话:"他人就是地狱!"人类如此,鸟类也如此吗?我并不是一个多愁善感的人,但我心情还是沉重了。

五

　　此后再走在金水大道上,看着天上飞行的白鹭鸟,我就有一种亲情,觉得我和它们有了关系。特别是那一家白鹭鸟,是我关注的重点。而且,那两只老鸟的形象印在了我的心里:一只鸟的脖子上少一撮毛,另一只鸟的翅膀特别丰腴。它们似乎也认识我,只要它们在树上的时候,我总能听见它们的叫声,由于那天对我的袭击,它们的声音让我刻骨铭心,我也由此觉察出,白鹭鸟们的叫声,其实存在很大区别,就像人的声音区别很大一样。

　　白鹭鸟出巢那一天是我特别高兴的日子,我没有看见它们怎样从巢中飞出来,是我的那位鸟类专家朋友打电话给我的,他说这两天是鸟出巢的时候,而且说我救过的那只鸟活得很好,因为飞出巢的是五只。

　　放下电话我立即跑了过去。专家在那里等着我,我老远就朝他喊,不让他告诉我哪几只是那个窝里的鸟,我想自己辨认出来。朋友就笑笑答应了,但他说:"你呀你,我不是不相信你的眼力,我只能告诉你,刚刚出窝的白鹭鸟,长得很像,除了它们的父母,别人很难认出来。"

　　但我很快认了出来,我指着正在树顶上飞一下停一下的几只鸟说:"是它们。"

我的朋友立即瞪大了眼："你，你真是神了！"

我这才告诉他，那天我被它们的父母袭击的惨状，也正因此，才记住了它们父母的样子，现在它们的父母教它们在树梢上飞行，我当然一下子就认出来了。

但是令我悲哀的是，哪一只是我救的，我认不出来，它们几个，正像我的朋友说的，长得几乎一模一样。于是我有意大声说话，大声咳嗽，让它们注意我，我想只要它们看见我，那只被我救过的小白鹭鸟，一定会有特殊表情的。

但是我的所有努力都白费了，不但那五只白鹭鸟注意到了我，树上所有练习飞行的白鹭鸟都注意到了我，但它们都专注地练习着，没有哪一只为我分神。

倒是那两只老鸟认出了我，它们朝着我叫了几声，我朝它们点了点头，它们又回应了一声鸣叫，就又去教练它们的孩子了。

日子就这样一天一天地往前走着，我只要不出差，还是坚持每天黄昏边散步锻炼身体边去看白鹭鸟，特别要看看和我有联系的那窝鸟。

入秋时分，五只小鸟已经长成了，每个白天，它们随着父母去黄河湿地捕食，黄昏时归来。我注意到，那两只老鸟还是认得我，但那五只小鸟，还是没有任何一只对我有特别的表示，所以我还不能认出哪一个和我关系最为密切。

到了近乎仲秋的时节，白鹭鸟离开了郑州，飞往南方。和我有关系的那一窝鸟走得比较晚。那一天下午我突然觉得心烦意乱，想来想去不知何因，突然地就想起了白鹭鸟，是不是它们要走了，是不是它们要走的时候想和我告别？

于是我赶紧下楼，走到了金水大道上，法国梧桐树上还有白鹭鸟的身影，虽然很稀少。我急急地走到那棵树下，朝我到过的那只鸟巢上看去，这才发现，巢还在，鸟却没了，一只也没了。

"鸟去巢空了！"我喃喃道，"鸟去巢空了！"

回家的路上遇到一位朋友，他问我脸色怎么那么难看，我才知道自己失态的样子。到家后我枯坐在椅子上，还是被失落感笼罩着，后来我反过来想，我不是失去了，而是拥有了，拥有了对白鹭鸟的牵挂。因为到明年春天，它们还会回来。

六

第二年春天，金水大道上法国梧桐的新叶子长到巴掌大的时候，它们回来了，但它们归来的时候我正在外地开笔会。五天以后我回到郑州，处理了一些重要事务后，于第三天黄昏去金水大道看白鹭鸟，并且给我的专家朋友打了电话。

我赶到金水大道的时候,树上有许多白鹭鸟在鸣叫欢跃,看了半天我才看到我认识的那两只鸟,因为它们先认出了我。它们从林梢飞了下来,落到离我近一些的树枝上,朝我叫了两声,然后就飞走了。打招呼一般。但就这,仅仅就这,我的鼻子酸了,我在鼻子酸着的时候幸福地笑了。

就在这时我的专家朋友来了,见我认出了我的白鹭鸟,他感慨地说我天生一个情种!"跟白鹭鸟都能产生感情,你看你了得不?!"

见我还一直朝树上看,他明白了我的心:"你是在看那几只小鸟吧?"

"你咋知道?"

"这还用问吗?"他反问了我一句,然后告诉我,"你看不到它们了,白鹭鸟在南方已经过了半个秋天,半个春天,整整一个冬天,它们已经长成成鸟了,它们不能再回到自己父母的家了,父母也不会允许它们回来,它们也会自己做巢,自己寻找配偶,过自己的日子。"

我一愣:"那我再也找不到那只我救过的白鹭鸟了。"

"这是肯定的。"朋友说,"其实你不是对那一只白鹭鸟情有独钟,而是对所有白鹭鸟深怀感情。"

我想了想,觉得他说得有道理,就摸了摸后脑勺说:"我供认不讳。"

　　这一年夏天，这两只老白鹭鸟又孵了一窝小鸟，却不是去年的五只，是四只。秋天的时候，它们一家又飞到南方去了。第二年春天，我发现出了变故，那一只脖子上少一撮毛的白鹭鸟不见了，代替它的，是一只叫声很清脆的白鹭鸟。几年以后，那只翅膀很丰腴的白鹭鸟也不见了，居住在这个鸟巢里的，是和我完全陌生的白鹭鸟。再后来我到三门峡市去任职了，一去就是八年，回来的时候，发现金水大道上的那些法国梧桐长得更加茂盛了，但是白鹭鸟却减少了。我的专家朋友告诉我，是因为金水大道旁的楼建得太高了，一些鸟就感到不安全，就去寻找更加安全的地方居住。我在唏嘘着的同时特别看了看我关心的那个鸟巢，发现鸟巢还是那样简陋，但是形状改变了，说明新的鸟用新的树枝加固了鸟窝。

　　由于白鹭鸟少了，所以到了黄昏，金水大道上再也听不到那么热闹的白鹭鸟的叫声了，虽然还有，但却是稀疏的。金水大道上空，再也看不到成片飞翔的白鹭鸟了，来来去去，群落很小，只数很少。

　　开始，我是伤心的，渐渐地，也就习惯了。

　　前几天我去郑州航海体育场看足球赛的时候，碰到了那个当年对白鹭鸟极其反感的朋友，他当年盛气凌人，说话咄咄逼人，现在两鬓已经现出白霜，看着我的眼也柔和了。我不由说："这下你高兴了吧？金水大道上的白鹭鸟没多少了。"

没想到他低了一下头说："你说错了，其实后来我也喜欢上它们了，我喜欢它们有那么大的群，喜欢它们像白云一样在天上飞着叫着，不喜欢它们这样稀稀拉拉的。"

他的态度不禁使我愕然，也让我浮想联翩。人类在飞速地发展中，为了自己的生存，掠夺着一切自然资源，当然包括鸟类在内的动物。在做着这一切的时候，人类狂妄自大地生活在地球上。只有这些动物远离人们而去的时候，人们才感到它们的珍贵！才感到没有它们，我们的生活也少了乐趣，少了味道，本来我们的日子应该丰富快乐，现在却变得寡淡无味了。

正是被这种感悟驱使着，我才情不自禁地写了这篇文字。我想，如果我会鸟语的话，我会告诉白鹭鸟，虽然郑州的高楼大厦多了，但是郑州的人更热爱你们了，郑州是我们的，也是你们的；黄河湿地是我们的，也是你们的。不不，这样说还是生分了，我应该说："白鹭鸟，不管是郑州、是黄河湿地，还是整个地球，都是咱们共同享有的！白鹭鸟，你们回来吧，我想你们！"

今天是四月二日，金水大道上法国梧桐的新叶刚刚开绽，再过十几天，叶子就巴掌大了，就是你们归来的时候了。白鹭鸟，我等着你们！

水枕

去年冬天一直不太冷,气象部门说是典型的暖冬。我就想,人间的冷暖应该是有尺寸的,冬天冷得少了,春天就会补上,就是人们常说的倒春寒。虽然眼看着柳条绿了,地面绿了,暖风也和煦起来,乳白色的樱桃花和牙白色的广玉兰在没有一片叶子的枝条上绽放起来,但肯定会大张旗鼓地再冷那么几天或者十几天,让人产生又进一回冬天的感觉,把脱掉的冬装再拿出来穿上。

事实果然如我所料,但没有我所想的时间那么久,更没有那么寒冷,寒流来的时候甚至还带了雪,但是雪落到地面上就化了,而且是在黄昏的时候下起来的,下得我心里很舒服,就大吃了一顿火锅,吃完就困了,倒头就睡,期望着第二天一早看到满世界银装素裹的样子。但是第二天早晨打开窗帘,却看见地面上是干的,天也晴了,虽然有西北风吹着,但风很软,像芭蕉扇扇来的凉气一样。

我很失望,想着,如果就此罢了,再不冷冷地冻几天,今年入夏,可能会出现冰雹之类的冷家伙,总之,老天会把冷的东西给人给够,比如一些城市不准放炮了,人间的火突然少了,就会出其不意地来那么一下子大火，烧得惊动世界。

太阳又明晃晃地照起来，到了中午时分，寒气就没有一丝了，绿柳的细枝依然婀娜，院子里的樱桃花被吹落了，花落了一地，花瓣也被吹得不知东西，广玉兰那白而大的花朵依然在树枝上张扬着，很骄傲的样子。

突然想到老家还有十几亩地，种着桃和梨，不知受到影响没有。就立即打电话回去，却没有人接。下午再打，弟弟接了，回答我说："瞎了，瞎实了，今年冬暖，桃花和梨花动弹得早，花骨朵坐住了，还没来得及开，这一场寒流，吹落了大半，剩下的七八成被冻成黑的了。"

我急了："黑的还能开么？"

弟弟吭哧了片刻："你、你想想……"

黑的花骨朵当然不能开花了！我还不是想增加一些收成么！

放下电话，我想到了我在灵宝市担任副市长时，一位苹果专家对我说的话："过去这苹果分大年小年，大年丰收，小年歉收，如今不同了，科技跟上去了，再也不分大年小年了，每年都能丰收，除非天气影响。"

看来收成也是这样，科技发展了，没有大年小年了，天气却毫不留情地给你分开，不早不晚，就在你的花骨朵刚刚坐住的时候。农人根本无法，只能像当年的杜甫一样，仰天啸号："八月秋高风怒号，卷我屋上三重茅。"

就在这天晚上，我觉得我上火了，嘴里边没有一点津液，鼻梁疼起来，眼睛是涩的，少了许多湿润，似乎眼珠子一转，就会把眼皮带动。嘴也干，不停地喝水，刚喝下去，嘴还是干的，甚至把水噙在嘴里，嘴的感觉还是干燥的。这就不用考证，百分之百的，身体出问题了，神经系统受到影响，欺骗了人的感觉。

于是就想看中医。

我有一个中医朋友，常常被一些高级轿车神秘地接走，然后又悄然送回，去的时候他空着手，回的时候就有人把大箱小箱、大包小包搬到他家，弄得找他看病的人越来越多。所以我去找他以前先打电话，怕他又被哪个车接走了。

他一听我的声音，就用他那不紧不慢的声音说："你昨晚吃羊肉火锅了吧？！说不定还有狗肉。"

我一愣："你看见我吃了？"

"没有看见，你的声音摆在那儿，如果羊肉火锅里没加狗肉，就是加了羊外腰。"

我不得不叹服，立即去了朋友那里。

他在走廊里迎接我，远远地朝我伸出手，还没有握住我的手，就笑了："看你那眼，涩干无水，快赶上大戈壁了。"一握住手，"手心热，好在是和我握手，要是跟一个少女握手，人家还以为你见了人家,热力乱窜呢!"

我知道,这是医生害怕我紧张,有意调节我的情绪,就笑笑,随他到了诊室,叫他把脉。

没想到他把脉把了近四十分钟,这期间他十分专注,弄得我有些紧张,因为一般的病,他不可能如此下功夫。

终于把完脉,他又看了看我的舌头,捏了捏我的脖子,又让我爬到治疗床上,按了按我的腰,这才说:"好了,我去洗洗手。"

我在诊室里不禁紧张起来,到底……

就在我浮想联翩的时候,他进来了,脸上依然是那种不紧不慢不慌不忙的微笑,说:"你肯定害怕了。"

"还真有点怕了。"我认真地说,"有大事没有,咱是朋友,你知道我心里能装得下长江。"

他说:"今天这儿没人,安静,我就给你检查得仔细一些,还真看出了一些问题。"扶扶眼镜,"这一次突然发病,说明你身体内部隐藏着一条火龙,你刚才说你心里能装下一条长江,真要装着长江,这条火龙就被大水压住了。"说着给我倒了一杯水,"不冷不热,喝吧。"

我一口气喝下去,看着他。

"昨天天气突然变化,谁都想着是一次大的倒春寒,衣服就穿厚了,也不愿意出去走动,而且还吃些大补的食品,特别是火锅,这一吃,体内就积存下大量的热量,不能及时散发,加上食物疲劳,容易早睡,不早睡也会懒懒地斜到沙发上,这就要出问题了,大量的热出不去,就把胃拱热了,人体进入自然调节程序,引热入肺,让呼吸排热。你用手感觉一下你的呼吸,你出的气,是烫的。"

我用手一试:"真是!"

"你这体质,到这儿就应该结束了,人体自会慢慢地反应处理,让阴阳协调,但你体内的火龙作怪了,就导致了中医上常说的'火盛三焦'现象,三焦你知道吧?"

"不。"我摇摇头,"不知道。"

"这我没想到,北宋名相范仲淹的话你不知道?"

"这个我知道,范仲淹说的'不为良相,则为良医',说的是中国传统知识分子的伟大情怀。良相治国平天下,把人民从水深火热中救出来;良医悬壶济世,救死扶伤。两种文人,为人民服务的方式不同,目标却一模一样。但是现在不一样了,我敢说,中国现在的著名作家,没有几个是能当医生的。"说到这儿我笑了,"更重要的是,也没有一个能当国务院总理的!"

这一下把医生说笑了,他只好给我往下讲:"现在你上焦蕴热,具体表现为舌尖赤红、舌苔黄厚,再发展下去会导致上呼吸道、咽峡、扁桃腺、口腔黏膜发炎；中焦蕴热，都是因为你吃了大补的火锅，又穿厚衣服害的，具体表现为舌苔厚、尿黄、焦渴等；下焦蕴热，具体表现在你腰部，现在已经造成肾虚了，再不治住，会导致肾炎、膀胱炎、痔疮等，解小手的时候，烫，对不？"

"啊、哦……"我没有直接应答他，"以后咋弄？你说吧。"

"眼下的病好办，我心里就有方子，只把几味药的数量调整一下就行，你晚上回去煎了，凉温就喝，明早再煎第二遍，喝了，就差不多了。问题是你体内的火龙，是个重要问题，造成这个问题的原因很多，生活习惯、衣食起居、居住环境，等等，对了，还有一个心理环境，心理影响生理，也是常事。"

他也就是神，第二天中午不到，我就感到身子内外很舒坦了，只是一个方面还不彻底，上厕所时，还有些烫，虽然不像昨天那么厉害，但毕竟是吓人的。

我打电话给他，他很有耐心地说："你体内的那条火龙难除，你得找到它，这问题一解决，一了百了。"

于是，我开始从饮食上寻找原因，人常说病从口入，这可能是引起火龙缠身的主要原因。而且，这一次的病因，就和吃火锅关系重大。

但是，我仔细检索了我一个月来的饮食，发现我的饮食很规律，而且大都保持着家乡习惯，偶尔的一次大补食品，不会滋生长期隐藏于体内的火龙。

工作方式和习惯呢？工作习惯是有问题的！一坐就是一两个小时，伏案写作，一动不动，这肯定不行，人是一个立着的动物，人字本身就是立着而不是坐着。

但我又自己否定了自己，因为我喜欢打乒乓球，几乎隔一天就打一回，一回十几局，每回都打得大汗淋漓，活动量完全够了。还有，我在不写作的时候还写字画画，这时候都立着，而且悬着肘。所以，工作习惯和方式应该不是问题。

思来想去，我的眼睛突然落到屋子的墙上，心里豁然一闪。

我所居住的楼房是砖混结构，也就是说用砖头把墙砌起来，砌到一层楼高，给墙上搭一层楼板，然后再往上砌砖，再砌到一层楼高，再搭楼板，就这样一直砌着搭着到六层。那么，这座房子的主要成分就是砖了，而这个砖是红色的，不像我们家乡的大青砖。

红砖和青砖似乎只是一个颜色上的区别，其实区别很大。

小时候我在老家，见到窑工在我们村子北边的土壕里烧砖，窑的进出口在壕底，便于将砖头送进去拉出来，也便于烧火。窑的顶，或者说出烟口在壕上，烧火的烟从这里冒出去。窑工烧窑时很辛苦，要不停地烧几天几夜，人是半裸着的，但在烧了几天以后,半裸的人已经变成黑人了,你只能从眼睛和牙齿上寻找到他的脸。窑工的眼更要毒,砖烧透没烧透,火候到没到,全在他的眼里。火候一到,立马把窑口封了,然后弄来几十缸水,这些缸都是一人高的大缸,几十缸水倒下来可以成为一个小池塘,但是这些水都要从窑顶倒进窑里。倒的时候,几个大汉把住缸口,对准窑顶的出烟口,呼啦倒下去,里面就轰轰烈烈地响起来,窑顶口就冒出浓烈的白气,这些气与其说是冒上来的,不如说是冲撞上来的,而且带着啸叫声,很豪迈,很壮烈,温度很高,能将人的皮肤烫伤。但窑工们是练就了钢铁般的皮肤和眼睛的,他们冒着滚烫的蒸汽,不停歇地把几十缸水倒进窑里,直到里面的响声弱下来,只剩下咝咝的风过草地一般的声音,他们才停下手。这时候,几个大汉已经筋疲力尽了,像墙一般地倒在窑顶旁边,在他们身体上边几十米处,是他们造就的白云,这些白云随着天气的不同,以不同的速度消散开去。

第二天才可以出砖,那么多的水倒进去了,窑里却没有存住一滴水,而且,砖是干的,砖的颜色是青的,摸上去,还有些温度,但很低。

我们家乡人盖房子,用的都是这种青砖,因为它的血肉,就是我们家乡的水土。

红砖和青砖的烧制过程是一样的,但最后的处理方式完全相反。青砖用那么多的水来浇，窑工们称为饮窑，把窑饮饱了，把砖饮透了，才罢手。红砖就省事得多，烧足火候以后，只需要把窑口和出烟口全部堵住就行，让烧得滚烫的砖自己慢慢凉下去。几天以后，凉透了，拉出来，砖就是红颜色。

同样的砖坯子，出窑后一比较，红砖轻，青砖重；红砖糙，青砖细。更重要的是，青砖的属性为凉性，主水；红砖相反，属性为热性，主火。

我长长地叹了一口气，日日夜夜住在一个主火的屋子里，你的身子能不生火吗？你的体内能不存着一条火龙吗？

但是仔细一想，如果真是红砖的原因，所有住在红砖砌就的屋子里的人，都应该火龙缠身，为什么绝大部分人没事呢？

许多人本来就出生在城里，从小生长在这个属火的屋子里，身体已经完全适应了火的环境，在他们的身上，阴阳是平衡的。而我不同，我从小生长在乡村，生长在主水的屋子，甚至连枕头都是青砖，自然习惯不了这个主火的环境了。

难道要将屋子换了？！

这个想法一生，我自己先笑了，这可能吗？在城里，拥有一套房子已经不易，你还想挑挑拣拣？！想换也是换不到的，所有的房子都是红砖做墙的。我们省是一个缺水的省，我们国家是一个缺水的国家，节省水资源的红砖当然堂而皇之地入主郑州，入主所有城市，你在哪个城市能换到青砖砌就的房子呢？！除非你搬到乡下。乡下也不一定有青砖。除非你搬到老家去，住在老家的老房子里，老家的新房子，也已经是红砖砌成的了。

"只有……"我对自己说，"只有想尽办法做一些局部的改变！"

突然想到了老家的砖枕头。

砖枕用的是在窑里饮得很足很透的青砖。不管春夏秋冬，枕上它都不会上火。黄土高原上缺水，人们当然很少洗澡，所以头油很厚，枕不了几日，砖上就会沾一层油。时日久了，砖上的头油就厚了，黑乎乎一片，洗是不好洗掉的，而且麻烦，还要拿上肥皂到池塘里去洗，所以我们一般是用磨刀石在砖枕上磨，四面八方都磨透了，呼地吹干净磨下的黑砖屑，砖头就又清净如新。枕着这样的枕头，春夏秋是不会上火的。但到了冬天，家乡人习惯睡热炕，白日干燥的高风和夜晚的热炕，都是催人上火的，有时早晨起来，就会感到眼里发干，一照镜子，眼白上肯定有红丝。但不用着急，只需将砖枕到水里泡一下，让砖枕吃满了水，然后拿出来，停一会儿，砖面上就干了，拿着砖的手，能感到砖的沁凉。枕上这样的枕头，再睡一个夜晚，眼里的火，身上的火，悄没声息地就退了。所以，家乡人对这种枕头很有感情，浪漫而又实在地给这种枕头取了个名字：水枕。

当年在老家，我并未感到这个名字有什么奇特，如今想起来，就觉得很上口，很抒情，而且好听。

"水枕……"我不由叫了一声。

毫无疑问，我想将目前的枕头换成水枕，甚至有些迫不及待。

目前的枕头是我离乡以来所换的第四个枕头。第一个枕头其实是我当战士时的包袱，部队为了轻装作战，发一张包袱皮给每一个战士，用包袱皮包住日常的换洗衣服，当枕头用。入伍三年以后，我被提拔为干部，不必再与战士整齐划一，就依着部队其他干部的习惯，换了一个装着稻壳儿的枕头。这个枕头陪我转战于湖南、广东、广西，最后又陪我转业到郑州，历时长达六年，枕里枕外，已经留下我深重的汗渍，并且有了浓重的霉味，我把稻壳倒出来，当年黄灿灿的稻壳已经碎裂，而且成了黑色，让我看了就反感，自然毫不犹豫地清理掉了。当天就到商店买了一个芦花枕头，这个枕头是用芦花的白絮装成芯的，给我的感觉很好，一眼就看中，掏钱也很利索。但这个枕头我怎么也枕不习惯，原因是它过分绵软，头枕上去，脑袋就像埋在一团棉花堆里，弄得先是满脸燥热，然后是浑身燥热，一个晚上没有睡好，第二天就打电话向各路朋友求救，便于当天得到了一个荞麦皮枕头。我去取的时候很高兴，拿到手的时候脸上突然热了，因为我想到，在我们家乡，只有婴儿，才枕荞麦皮枕头。

按说荞麦皮属凉性,枕了不会上火,但这个枕头也已枕了很久了,凉性的荞麦皮被汗水侵蚀,现在应该变得和那堆稻壳一样难看,一样地改变了原来的性质,成了一堆属性复杂的物质,枕上它,怎能不上火?

我伸手在这个荞麦皮枕头上拍了一下,就走下楼去,寻找青砖,我有充分的思想准备,我知道这是一件很难的事。

郑州最近几年发展很快,到处都在建设。但是,我走过的所有建筑工地,用的都是红砖。为了少跑些路,我满脸堆笑地向不止一个建筑工人询问哪儿有青砖,但他们的回答几乎都是一致的:"满郑州用的都是红砖,如今哪儿还有青砖?"还有人很不理解,"红砖青砖都是砖,为啥一定要青砖?"

真是天无绝人之路,就在我几乎完全失望的时候,我经过一个拆迁工地,拆迁的房子是旧社会一个大资本家的老宅,墙壁竟然全是青砖垒的,虽然被推土机推倒了,但一块块看上去还挺完整,砖与砖之间的黏合剂用的是石灰,石灰的白色已经变成了灰色,青砖也已经发灰,但可以看出,砖的质地很好,我挑拣了一块棱角齐全的,先用另一块砖蹭掉这块砖上面的白灰,然后用手抹掉上面的浮土,又仔细地吹了一遍,才对拆迁工地的负责人说了一声。

这位负责人把嘴里的哨子拿下来:"拿吧拿吧。"歪了一下头,"看你穿得齐齐整整,起码是个干部,咋会喜欢一块砖头?"

我对他笑了笑,本来不想再说什么,突然看见不远处堆着山一般的新红砖,就忍不住对他说:"你掂一下红砖和青砖,就知道其中的不同了。"

负责人甩着手里的哨子,真的跟我走过去,分别掂了掂:"看你弄得玄的,不就一个轻一个重嘛!"

"区别就在这轻重里。"我说,"青砖为啥重你知道不?"

"不知道,我也不用知道,我只知道,盖房子的时候,轻一点的砖省力气,重一点的砖费力气,看你的手,光溜溜的,准是个当干部的,当干部的你还不知道,如今从上到下就讲个以人为本,你就不为建筑工地上的工人想想?工人们用红砖,省多少力气!"

我一下子愣在那里,当然也不能为了一块砖,给他从猿到人地说一遍我的感觉,就说:"谢谢,你去忙吧。"

确实,现在的人太忙了,忙得不去考究任何文化现象,忙得没有一点耐心。我又抚了一遍手里的青砖,似乎抚摸着古人的全部耐心,难道古人不知道砖烧透后,立即封了窑口,既省力又省水?但古人和我少年时的乡里人还是不折不扣地将窑饮透了,饮得我手里这块过了半个多世纪的砖,依然沉甸甸的让人敬佩,而堆在那里的红砖,显得那么轻飘和浮躁。

走出工地，我看见那个负责人向我摆手告别，我突然觉得他活得很真实，很轻松，而我，寻了一块砖竟然寻出这么多的思想，可见我活得太沉重了。

把青砖拿回家后，我小心翼翼地磨去上面的旧灰老土，然后放在装满水的脸盆里，让它饮水。开始时，砖面上的粉末飘了上来，紧接着，一个气泡冒上来，咕嘟一声，随着，一个个气泡冒上来，脸盆里就咕嘟嘟地响成了一片，看来这块青砖渴了，像一个沙漠归来的汉子，对着茶罐牛一般地狂饮。

也就是十分钟左右，气泡没有了，脸盆里的水，也渐渐平静下来，就这，我还是到屋里转了一圈，才到脸盆跟前，把青砖拿了出来。

开始时，青砖上的水还往下滴，但只滴了几滴，就不见成滴的水了，片刻之后，就连青砖上的湿气也全部消失了，半个多世纪前的青砖，竟然像新的青砖一样，像我少年时刚饮过水的新水枕一样，卧在我的手里，让我感到亲切，甚至生了感动。

自然，我把这块倾注了我许多情感的水枕放到了床上，把那个陈旧的荞麦皮枕头撂到了阳台上，准备和其他垃圾一块处理。

这一天晚上我有意早睡，为的是枕上我阔别了二三十年的水枕，所以躺下去的时候，我想到了郁达夫一篇著名小说的名字：《春风沉醉的晚上》。

然而，当我的头真正和水枕接触以后，我却没有少年时的舒坦，头枕在清凉的砖头上，就像枕在棱角分明的石头上一样硌得头皮发疼。我爬起来看了看水枕，水枕还是那样沉稳地卧在那里，还是那样表现着它的自然和亲切，我怎么就不习惯了呢？

"不习惯也得习惯！"我对自己说，"枕着，睡！到了明天早上，火气就退下去了！"

然而，头皮依然被硌得发疼，姿势不断做着改变也不行，用头的任何部位枕着都不行，就一个字：疼！

就这样，我翻来覆去两个多钟头，已经过了我以往的入睡时间，不但没有入睡，反倒弄得很精神。

我只好坐起来，深深地叹了一口气，心想：自从入伍出了关中，已经二三十年了，这些年来，我的头皮已经习惯了柔软的枕头，水枕再好，我的头皮已经不适应了。就像一个须发飘飘的归侨，千里迢迢地回到家乡，鼻涕一把泪一把地表达着自己对家乡的思念，却不能在家里住一个晚上，因为他习惯不了家乡的厕所、土炕，习惯不了夜半响起的鸡叫声和牛的反刍声。

我摇了摇头，只好把水枕放到床头一边，又到阳台上，拿回那只枕了多年的、已经完全腐化变质的荞麦皮枕头来枕，竟然很快入眠。

睡醒以后，去上厕所，我才知道热疾依旧。

正烦恼着,一个精通《周易》和风水的朋友打电话给我,我忍不住对他讲了我寻找水枕的艰难和找到以后的苦恼,没想到他一听大呼好事,然后告诉我:"你的八字我早就看过,你是大河水的命,也就是说,命中水太重,我一直琢磨着用啥法子平衡一下呢,这下不用了,医生说的火龙,正好和你的大河水相依相存相生。"说到这里他爽朗地笑了,"怪不得你事业上一帆风顺,原来你的生命场保持着自然的和谐!"说到这里他急匆匆地说了他的事,最后又回到我身上,"和谐社会是啥?和谐社会就是一个人和一个人和谐,这里头最重要的,是每一个人先得自己和自己和谐了!"

虽然我对他的话向来是姑妄听之,但这一次,我心里还是舒服一些。

于是,我在今年春天温和的空气里,将我辛辛苦苦找来、辛辛苦苦磨制、辛辛苦苦饮水的水枕,放到了一个木箱里,那里还有朋友送的两片瓦当,据说是汉朝的,应该是文物。

土

一

　　陕西关中的春天，特点非常鲜明，开春的时候，你能感觉到阳光里渗进了柔和的粉红色，蹲在墙旮旯，闭住眼睛，阳光会透过眼皮柔柔地表现它的存在。紧接着，脸上就有了温乎乎的热，很淡，就像一个人站在远处，朝你脸上哈气，你根本听不见哈气的声音，也感觉不到哈气的劲儿，哈气却把你的脸和身子当成了终点，把所有的热都散给了你。这时候不要动，就那样以最舒服的姿势坐着，很快地，你就感到脸上热烘烘的了，身上也有温温的气在咬着，于是，你觉着棉袄太捂了，干脆脱下来，撂在一边或者搭在腿上。这样的好地方肯定不会只有你一个人，左右一看，大都光着膀子，有的静静地让太阳晒，有的下意识地搓身上的泥，还有人专心致志地逮棉袄里的虱子。

　　这时候一般都是七九或者八九的时候，地里边的阳气挣扎着往上走，冻硬的土地表层就缓缓地开化，北边的泾河和南边渭河上，镜一般平的冰凌苏醒了，呻吟般地响一声或几声，冰上就有了裂纹，裂纹不断地延续，呻吟般的声音却越来越小了，冰不断地顺裂纹碎着，成了碎块，掉进河里，往下游漂去。

等到这些冰块漂到风陵渡那儿，与黄河汇到一起时，就完全化开来，变成冰水了。这时候的阳光更强一些了，强了却发起白来，缺了温柔，人们也不再到墙旮旯去晒暖了，因为地已经完全解冻，小麦开始返青，所有劳力都到田野里去春耕了。老人虽不下地，但许多老人需要操持家务，家里闲一些的老人，也不去晒暖，因为这一段时间的天色，实在和春天两个字融不到一块儿。

关中的春天，风向很复杂，北风多一些，因为北边的北山山脉太矮小，挡不住风，北风就浩浩荡荡地南下，带着大量的黄土和细沙，把关中的天都染黄了，人们去地里干活，不敢张嘴说话，因为一说话，嘴就得张开，沙土就见缝插针地钻进嘴里。牙一动，沙沙响。眼不睁不行，只好眯着，一不小心睁大了，沙土就毫不留情地扑到你的眼球上，弄得你眼泪鼻涕乱淌。你想背着风吧，很难，因为风再高，也过不了秦岭，只好在秦岭那儿旋开来吹，这一旋，风就变了方向，改变得你弄不清它的东西南北。

就是在这样一个黄沙乱旋的上午，我去寻找我的父亲，学校里要五角钱的照相费，我只有找父亲要。那时候父亲当着村里的支部书记，我根本弄不清他到底在哪一个角落工作，问了许多人，才知道他被公社领导请去了，在邻着我们村的乾村丈量土地。

我心里很烦,父亲当着支书,按说家里的日子要好一些,但恰恰相反,因为父亲不但要管我们生产队的事,还要管别的生产队的事,而工分是在我们队拿的,这样一来,他在别的生产队工作的日子,就记不上工分,直接影响家里的收益,家里的日子就比别人家紧张得多。还有这个丈量土地,父亲只要从地头走一趟,就能一口报出这块地的面积。许多人用皮尺做过测量,结果完全吻合父亲的测量数字。这虽然能说明父亲的智慧,使父亲成为很多人眼里的能人,但是灾难也是紧紧相随的,因为公社干部经常叫父亲去测量土地,而不给一分钱。父亲在生产队的工分就越来越少,年底分红的时候,我们家从来都分不到钱,更可恨的是,父亲的工分值,还不能与生产队分给我家的口粮钱相抵,我家还要拿钱给队里。所以,当我低着头,头朝前拱着,顶着乱风朝乾村走的时候,心里就盘算,怎样让公社干部不再拉父亲的公差。

走进乾村大队部的时候,我扑扑地吐着嘴里的沙土,把大队会计引了出来,听了我的来意后,他连忙给我倒了一碗白开水:"来,嘿嘿,先喝茶。"

我说:"不喝了,你带我去吧,我得赶快要钱。"

"喝一口水也不耽误呀,起码冲冲你嘴里的土。"

其实我渴了,只是急着找父亲,没有感觉到渴,所以一端碗，一口气就将本就不太热的白开水喝了下去，放下碗时，见大队会计一脸是笑地看着我，说："你得悄悄给你爸说说，"朝身后看看，确信没有人后，又说，"千万别把我们大队棉花的播种面积说少了，他一说少，我们大队整个班子，就得挨板子！"

"看情况吧，"我说，"只要公社的人不在跟前，我说。"

"嘿嘿，"大队会计搓着手，"这下我就放心了。"

我们在地头找到我父亲的时候，父亲正专心地迈着步子丈量土地，脸已经被沙土扑成了黄色，只剩下两只眼睛的缝隙和鼻子的两个窟窿，嘴唇的形状已经很模糊，可能很长时间没有张嘴了。我叫了他两声，他没有理我，依然专心地往前走。这是他丈量土地时的特点，不理睬任何人。

这正合了我的心意，我就是要在父亲不在的时候，给公社干部施加压力。所以我一转身，走到公社严书记面前，严书记正抽着用报纸卷的纸烟，抽得只剩下报纸尖尖。我用手圈住嘴，挡住风沙，然后说："叫我爸量地，给多少钱？"

"你这个学生娃。"严书记一动嘴，烟尖尖被风吹走了，"咋动不动就说钱？！"

"你有工资，当然不用说钱，你知道不，我爸来这儿，不但队里不记工分，吃饭还得回去吃，在这儿跟你们吃，要付一毛钱，你以为他每次都是有事回家？他是付不起一毛钱！"我越说越生气,"就因为他当个狗屁支书,他的工分是我们队最少的,去年年底,我们家不但分不到一分钱,还把正长着的一头猪卖了,还队上的粮钱。"

严书记脸上尽是皱纹,让你弄不清他的年龄:"你说的是真的?呸!"他一说话,嘴里扑进土了,赶紧用手遮住嘴。

"你不信,可以到我们队那儿查查。"我说,"我跑这远来寻他,就为了五毛钱,我们完小要照毕业相,我拿不出五毛钱,到家里要,我妈说家里只有三个鸡蛋,还靠着用它换盐吃。"

"这个老郑!"严书记皱了皱眉,把脸上本来就多的皱纹弄得更稠了,说着就在身上掏,掏出了一堆毛票和镍币,数了数,"四毛六分钱,呸呸!"对蹲在他旁边拾掇自行车链子的一个年轻干部说,"你那儿有么?给我补四分。呸!"

严书记把凑够的五毛钱攥住,装到我的衣服口袋,说:"娃,你不要有怨气,呸呸,你在学校学过克己奉公这个词么?啥叫克己奉公,你爸这样做就是!呸呸!"

有了五毛钱,我疯跑着到了学校,交给了老师,看着那些还没有交钱的同学,心里充满了自豪。

太阳快落山的时候,风停了,满天的尘土缓缓地往下落,我就在这时候从学校往家里走。尘土在降落的时候,用它的颜色和浓度强调着它的存在,往天上看,是黄的,往四周看,也是黄的，你站住不动，这黄色就落在你的鞋上、帽子上，鞋缝里已经灌满了，鞋面上很快就会伏上一层新的，你一走，这一层新土就散落了。尘土在降落的时候是有声音的，这声音不是用耳朵可以听到的，而是看到的，你看着黄土降落的声音，你会想到因为它们的积存，形成了巨大的黄土高原，你会想到陕西关中的土地，由于它们吸尽了空气中的养分落在地表，才使得关中的土地年复一年地肥沃下去。所以，在尘土安静地降落时，穿行在尘土里是很幸福的，但你不能张开嘴吸气，那样会吸进尘土，你就用鼻子吸，尘土就被过滤了。

等我回到我们村庄时，天已经黑下来，因为天上的土也已经落尽，所以月亮很亮，月光很白。地面上，积了近一寸的尘土，脚踏上去，尘土会从鞋子的四周飞起来一些，但飞得很低，又迅速落下去。脚抬起来，地上的脚印很清晰，但是片刻之间，脚印就变成了一个脚窝，因为四周的尘土松软柔滑，很快溜下去，把脚印的底部，多多少少地盖住了。

二

推开院子门，厨房里飘出柔和的灯光，我的食欲立即被调动起来，刚要朝厨房走，爷爷的声音飞过来，是那种急匆匆的声音："还不跑？！"

我是爷爷的长孙，家里最疼我的就是爷爷了。所以一听见爷爷的喊，我心里猛然一沉，就知道父亲已经在家里大发了脾气，我刚要转身逃跑，父亲已经从屋里冲出来，大喝一声："立住！"我就不敢再跑了，但我的反抗是免不了的，我说："我又没犯啥错……"话到尾音时我已经没了底气，因为我想到了上午去乾村要钱的事。

父亲大踏步走到我跟前，踏得尘土扑扑乱冒，走到我跟前，脱了一只鞋，狠狠在我的屁股上扇了两下，吼道："跪下！"

我不敢反抗，老老实实地跪下了，跪在尘土上。

父亲提来了一块大方青砖，是那种一尺见方、厚两寸的古青砖，少说也有二十斤，给我头上一放，"咚！"头皮疼得发麻，但我不能躲避，而且立即挺直了身子，直头伸脖子顶住，而且迅速将两只手朝上，扶住大方青砖。那时候我只有十三岁，顶这样一大块青砖，头、脖子、甚至整个身子，都承受不了，但我得硬撑住，不但不能有半句怨言，还要跪得直，扶得稳，这样，才能使父亲满意，早一点结束对我的惩罚。

父亲做任何事情都是要动脑筋的，包括打孩子，这种顶砖的办法，就是他教育我们弟兄四个，最节省力气的方式。砖顶上以后，他开始站在你面前，或骂，或说教，视情况不同，直到你承认错误，保证改正，而且把砖顶得很稳，他才会把砖给你取下来，结束这一场奇异的体罚，从而达到事半功倍的教育效果。但是这一次，父亲显然是太生气了，他站在我面前，大发雷霆，不是喊，就是骂，但是在喊中骂中，有说教。他认为公社干部能让他去外村丈量土地，是最光荣不过的事，这样光荣的事情让我搅了，日后还能有这么大的光荣么？更重要的是，地是农民的命根子，公社让父亲量农民的命根子，这种光荣就是最大的光荣。最后，父亲总结道："有些人穿着绫罗绸缎，吃着山珍海味，住着高楼大厦，但是没有一点光荣，在别人眼里，就是行尸走肉。"

当时我对父亲的教训很不以为然，心里嘀咕，人都活得像个叫花子，还讲啥个光荣！但是我不敢反驳父亲，我一连串地说："爸说得对，人在世上，只要有光荣就行，别的啥都可以不要。"

当时这样说，纯粹是在应付，希望尽快结束体罚。许多年以后，我才对父亲的这番教训有了深刻领悟，并且用新的语言进行了组织：人在这个世界上，活的主要是精神，而不是物质。

这时候我已经生活在中原一个叫作郑州的都市，我身边的许多人日子过得完全可以用天天过年，夜夜结婚来形容，但是很快就出问题了，山珍海味吃多了，吃成了三高，于是改吃粗茶淡饭；西装革履穿久了，身子捆得慌，于是想尽办法穿粗布衣服，圆口布鞋；高楼大厦住久了，总觉得不接地气，于是跑到乡下，去住窑洞。还有异性，得到的异性越多，越容易感染艾滋病，于是，深入交往的异性朋友就相对固定了。这时候，穷人和富人生活在一个平面上，所不同的是追求，是品位。从追求和品位上，才能看出人的高低贵贱。

有了这些感想，就想对父亲说。这时候最疼我的爷爷已经去世，我决定在清明节赶回老家，给爷爷上坟。

人说清明时节雨纷纷，这农谚在关中特别灵验，先一天晚上我在郑州上火车时，天还晴朗着，黎明时到达咸阳，细雨就飞扬在天空，我冒雨往长途车站走的时候，落在身上的雨还带有不易察觉的黄，这是残留在空气中的粉尘被雨带下来了。等我搭长途车回到村口时，雨已经清净了，清净得让我感到不习惯，以为是淋了江南的雨。

村里的土街道已经被雨淋透了，皮鞋踏上去，陷进去一半，皮鞋抬起来，带起的泥又甩到裤管上。但这泥我不烦，反倒觉得亲切。还有风，虽然不大，却很乱，四面八方地吹，身子的前后左右，都被雨淋住了。这种淋法淋得我心里很滋润，似乎一下子回到了童年。

回到家里，全家人都很高兴。母亲和弟媳妇慌着去做早饭，弟弟让我换衣服和鞋子，我不换，我说一会儿还要去坟上。

父亲说:"要么咱就早走,清明赶早不赶晚,你也不用换了,上完坟回来一起换。"

父亲的声音比起过去,温柔了许多,而且,话语里已经没了命令,是商量的口气。

我立即说:"那咱走。"说着走到房檐下,朝厨房那边招呼了一声。

弟弟将一个草帽给我戴上。

我一回头,见父亲也戴上了草帽,却脱掉了脚上的鞋子,将一卷黄表纸和冥币塞进内衣夹层。弟弟也脱掉了鞋子,光着脚,却将一双雨靴递给我。

我接过雨靴,看着他俩的光脚,不好意思了:"我也光脚去。好多年都没光脚踩过泥了。"

"好!"父亲立即应和,"光脚好!"

于是,父亲带着我们弟兄俩,踩着泥去上坟。

小时候经常光脚踩泥,倒没什么新鲜,进城近二十年了,又一次光脚踩泥,我很不习惯,老担心踩上瓦砾、玻璃瓶碴儿之类的东西。所以走得很小心。弟弟走在最前面,父亲走在弟弟一边,我跟在后边,踩着弟弟的脚印,这样才感到安全。

村里的街道上有几个人,他们看见我就远远地打招呼,我就不好意思看脚下,也害怕村里人笑话,这样的笑话常常会流传很多年:"郑彦英那一年回来了,不敢光脚踩泥,踏着他弟弟的脚印。"于是我不再看地上,放开脚走着,边走边和他们说话,但每走一步从脚到腿就麻一下,就这样说着麻着走出了村。

到了村外田野,父亲小声对我说:"这下放心走,地里的泥净得很,没有扎脚的东西。"

我的脸轰地热了,了解儿子,莫过于父亲呀!

父亲说:"你走的那一天,也下着雨,你记得不?"

我知道他说的是十几年前,我离开村子入伍那天,那已经是十一月底,我说:"那时候已经入冬了,下的不是雨,是雨夹雪。"接着说,"你叫我光脚踩泥,走出村庄。冻泥是割脚的,我忍着,我知道你的心思,你让我对家乡留下深刻印象。"

父亲没有吭气,过了一会儿说:"我不是那个意思。"顿一下,抹了一把脸上的雨,说,"我教出来的娃,我心里有数,他不可能不孝顺,他不可能不回家!"说着停下来,看着我,"我知道,你第二天就坐车去南方,南方咋样我不知道,我只知道咱家乡的水土好,我是想让你身上多沾一些泥,对身子好。"

我心里轰地热了一下,父母亲对儿子的爱,从来都是无微不至的。"谁言寸草心,报得三春晖。"说得太对了。

父亲又往前走了:"你这回回来,要光脚踩泥,我没有拦,也是这意思,你再踩一会儿,就会觉着咱家乡的泥多么好,好得像绵羊的毛，捂着你的脚，暖着你的脚。"

我仔细感觉了一下，脚接触到泥面的一刹那，泥是凉的，但凉泥对光脚很欢迎，像亲着脚底板一样，踩下去，细细软软的泥就从脚心往四周冒，冒的过程中，摩擦着脚心和脚底板，像小娃娃用小小的嫩手挠着一般，踩下去了，泥不动了，脚和泥结合成一体，真的像绵羊毛一样，捂着脚，暖着脚。

虽然我是从这片土地上走出去的，走出去前，踩泥的日子像呼吸一样平常，但是真正体味到踩泥的美感，体味到家乡泥土的亲切，却是这一次，是离家多年后归家的这一次。

三

上完坟，雨还是胡乱地飘飞着，身上的衣服几乎湿透了，沁沁的凉，但是父亲还没有回家的意思，父亲说："你回来一趟不容易，去看看咱的田吧。"说着就背起手，走在前面。

我看着父亲的背影，发现父亲比我穿得还单，衣服已经被淋透了，紧紧地贴在身上，背在身后的两只手攥着，胳膊上和背上的水就顺着手流淌下来，线一般地往下滴落。头上戴着的草帽，其实只护住了头顶，因为雨是四面八方地乱飘，有时候风一拐，还有往上飘的。我都感到身上冰凉冰凉的，况且年迈的父亲，我就忍不住说："爸，等雨停了再看吧，我担心你受凉。"

父亲头也没回地说："咱这儿旱多雨少，有雨就多淋些，身上水大了，一年都不上火。"

虽然我觉得这个理论不一定成立，但父亲说了，我不能质疑，更不能反对。

弟弟悄悄给我说："爸这是为你呢。平时下雨，他是不出屋的，他说你在城里，耳朵、喉咙老出问题，就是缺咱这儿的水土，我给你准备雨靴的时候，他让我拿开，说应该让你光脚走泥地，还是妈说话了，说你在城里快二十年了，哪能光脚不穿鞋？他才同意我准备雨靴。后来你决定不穿，我看到他一脸的喜。"说到这儿，突然朝父亲叫道，"爸，你走错路了，咱的地在那边。"

父亲立住，等我和弟弟走到他跟前，才说："在咱村的地上，我能走错么？我就是挤着眼，都能走到咱的地里。我是想让你哥看看那片苗圃呢！"

苗圃！我心里一动，在不断的书信来往中，还有我几次回家探亲的交流中，我知道，苗圃那里，系着父亲作为一个农民的高智慧和大光荣。

其实我已经看到苗圃了，那是一片平平整整，方方正正的土地，而且邻着咸阳通往北山的石子公路。

这是父亲在担任支部书记的时候，按照公社的指示，专门辟出来的十亩白杨树苗圃，目的是植树造林，绿化村庄。但是树苗栽上五六年了，却没长成，因为父亲在那年秋天，胃突然出了大毛病，到咸阳住院，一住就是半年。正是改革开放、包产到户的关键时刻，公社就委派我们村一个年轻人当支书。这人和我同辈，在村里的威信有待形成，治村的经验正在积累，村里几个懒汉，就趁着这个当口，后半夜到苗圃，掰树苗当柴烧。后来村里人看到公家的树苗被掰，吃了亏一般，也就明目张胆地去掰，这样一来，十亩树苗，很快就被掰光，只留下了根，想种庄稼都种不成了，满地的树根扎着，啥庄稼能长起来呢？

父亲出院后，不是支书了，郁闷了很长时间。这时候公社改成了镇，镇党委书记和我父亲谈了几次话，说是和他一般年龄的支书，早都退下来了，他是最后一个，加上身体不好，让他以养身体为主，好好过个晚年。父亲答应得很好，脸上也笑得很舒展，但心里总觉得有东西绊着，就到我们家承包的土地里，下力气干活。

这一年冬天的一个晚上，村里召开全村大会，每家要派一个掌事的人去。我家向来都是父亲说了算，但是父亲不去，让我弟弟去了，他说地都成了个人的了，还有啥大不了的事？你去支应一下就成了。他拿了一个收音机躺在炕上听新闻,这是他当支书时养成的习惯。

但是弟弟去了一会儿就回来了,说是会开不下去了,村里几个老一些的家长,非叫我父亲去才行。

父亲一跃从炕上起来,听了事情的经过,响响地干咳了两声,关了收音机,去了会场上。

天冷,父亲本来把两只手袖在袖筒里,一到会场,却将两只手背在身后,迈着方步走进去。

一看见父亲,许多人就朝父亲拥过来,还有人朝他喊,让他表态,让他拿主意。虽然父亲已经听弟弟说过了,但他的眼睛有意朝四周一扫:"啥事呀,我一头雾水能随便表态么?"

年轻的支书走到父亲跟前,以尊敬的口气说:"我当支书这会儿跟你当那会儿不一样了,你那时讲究个公,一切东西,特别是土地,是公家的,由村里统一支配,如今讲究个私,所有的东西都要承包到户,如果留下一块地没承包出去,撂荒了,镇上要拿我说事。"

"有这事么?"父亲明知故问,"咱村还有撂荒的地么?"

"有,就是那十亩苗圃。"

"恁平的地,方方正正的,还临着公路,就没人要?"

"没人要。"支书说,"本来一亩地承包金三百块钱,这片地，降到三十块钱一亩了，还没人包。"

"这可是好地呀！"父亲说，"树根一刨，种啥成啥。"

支书说："我也这样说，但是这树不比庄稼，大伙说树根刨了根须还在，少说十年，是净不了的，树根不净，每年还会发新苗，种啥庄稼都会被树根欺住。"

"倒是这个理。"父亲点点头，脱下一只鞋放到地上，一弯腰坐到鞋上，"说到这儿，我也没法。"

父亲的话一出口，许多人就要走，嚷嚷着："叫支书想法吧，反正我不要。"

支书急了，把大家拦住："这事今晚必须结个果，实在没人包，就算大家的地，大家都有份，每年三百块钱的承包费，摊到每一家，只有几块钱，如果大家同意摊，现在就可以走。"

会场上立即炸窝了，喊声一片，虽然表达方式不同，喊出的语言不同，但意思一样，就是坚决不拿钱。

就在大家吵成一团，支书一筹莫展的时候，父亲响响地干咳了一声，会场上立即安静下来。

父亲说："大家也不要再吵了，我想着，这地，咋说也是好地，我包。"

许多人立即鼓起掌来，还有人高声欢呼，说老支书大公无私。但是和我家关系很近的几个家长急了，跑到我父亲跟前，大声质问:"你包!""你疯了!"

父亲声音不高不低,还是坐在他的鞋上:"我想了,我娃在城里当干部,实在这地赔得没法了,我叫我娃拿钱就是,好赖我也是个党员,不能让村里的事搁在半路上。"说着转过头,问支书,"一包几年?"

支书激动得满脸是笑:"十、十年。"

"好,"父亲一语定音,"签,现在就签。"

签了承包合同,会就散了,许多人跟我父亲到了我家,大都带有同情和不理解,我父亲说:"苗圃是我在任时弄的,我有责任,到了这个份儿上,我得收住这个摊儿。"

大家走后,我弟弟担心地问:"你心里真有数?"

"没有。"父亲如实说,"但我总会想出法儿来,这么多好地,这么便宜的价格,竟然没人要,如今这人咋了,真是不知道土地的金贵呀!"

"每年三百块钱呢。"弟弟小声说。

"你去睡吧,"父亲说,"我就不相信,这十亩地,一年挣不了三百块钱。"

第二天早晨,地上有很白的霜,地面冻得很硬,父亲却扛了一把镢头,到那十亩地里去了,他先在地里转了一圈,看见了满地的不足一寸高的树茬子,挂着镢头想了一会儿,然后走到地头,坐在镢头上又想了一会儿,还抽了一袋烟,抽烟的时候村里很多人看见了,引起很多人的同情,说这冷的天,别人都在炕上窝着暖和呢,老支书却到地里摆弄树茬子。

抽完烟以后,父亲瞅准了一个不大不小的树茬子,举起镢头挖。挖一下,地上只显出一个白茬子,再照着这个茬子挖下去,就有一个小小的坑,然后一下一下,照着这个坑往下挖,终于把树根挖着了,父亲又往周围掏了掏,发现树根长得很好,扎得很深,心里有了数。他把挖起来的土又填好踩实,然后扛着镢头回家了。

农村的早饭,一般到九点十点才吃,父亲回去,正赶上玉米糁子熬好,父亲净了手脸,然后吃饭,吃得头上冒汗,吃完了把饭碗给桌子上一撂,斜到炕上,打开收音机听起秦腔来,时不时地,还跟着收音机里的唱腔哼几声。

母亲走到屋里去,脸上满是喜:"你有主意咧?"

"嗯。"父亲斜了母亲一眼,"开了春,你就知道咧。"

第三天,是镇上的集市,父亲到集上买了一条狼狗,是那种不到一岁的少年狗,耳朵竖得很高,尾巴拖得很长,背却很宽。一路上,父亲都和狗说着话,到了家里,又吩咐家里人给狗盘个窝,他却给狗弄了稀饭和馒头吃。吃饱喝足,他就带着狗到苗圃地去了,他和狗一遍又一遍地绕着十亩苗圃的周边走,一边走一边给狗说:"这是咱家的地,这块地只有咱家的人能进,其他人只要进来一步,你就下口,这是个规矩,农村人就是太没规矩了,你就用你的口,给他们立个规矩。"

从这一天开始,父亲拉着狗,风雨无阻地绕着地头走,再往后,父亲在家忙其他事情的时候,狗还照样绕着十亩地的边缘转。村里一个半憨的小伙子,路过地头,跑到地里去尿,一泡尿还没有尿完,狗一声没吭地扑了上去,咬住他的大腿根,只差一点点,就咬住他那传宗接代的东西。好在是冬天,棉裤厚,狗牙只咬到腿上一公分多深,但是吓得他提着裤子满村跑,大呼小叫地说我家的狗把他的家伙咬掉了。

这虽然是一个很可笑的事,也发生得很偶然,但是给了村里所有人一个警告:这个狗是个敢下口的狗,这块地是绝不能进了。

村里人就更奇怪了,老支书护这树苤子弄啥?

春节前下了一场大雪,把地捂实了,村里人出门的时候,大都缩着脖子袖着手,却发现那十亩苗圃地的四周,有密密麻麻的狗的脚印。而且,狗还绕着地的四周,半走半跑地尽着职责,这就更让村里人明白了一个基本的事实:这十亩地,老支书要在上面弄出名堂。

雪化的时候,父亲和村里几个人打麻将,打一圈看一下对面房顶上的雪,两个多小时后,房顶上的雪化得只剩下一寸左右了，父亲就让给别人打了，他去了苗圃地里，撒了一层化肥。

后半下午，雪化光了，化肥跟着雪水，渗到地里去了。

村里人就更奇怪了，这个老支书，不但不挖这树根，还给这树根上肥？！

开春以后，这个谜团终于解开了，十亩苗圃里的树根，聚了许多年的力量，也没有长起来，如今有人护着了，还有肥料壮着，艳阳一照，疯了一般长起来，一个多月时间里，竟然长到了一米左右，齐刷刷一片，很壮观，又邻着马路，所有从这里过的人，都看见了这一片旺盛欢势的树苗。

这年春天，县里号召大搞植树造林，要求给所有的道路两旁和水渠两岸，都栽上树，还要给村子四周，每家院子前后，都种上树。这样一来，树苗一下子紧俏起来，父亲承包的十亩苗圃，一次出清，现金收入一万三千多块钱。

这下让一个村子轰动了，大家不理解，为啥别人看成死路的地方，老支书反倒看成了财路，而且不到一年，不费吹灰之力，挣了恁多钱！

问到父亲跟前，父亲一般都很谦虚，说他是瞎猫碰个死耗子，口上这样说，脸上却光亮得照人。再往下问，父亲就很认真地说："地，是养活人的，谁要说地瞎，说明他的眼瞎了！"

第二年春天，这块地里的树苗又发起来了，虽然没有第一年的旺盛，但也很密实，因为它的根系不是原根，而是毛根，串得四处都是的毛根，所以不成行，倒显出了原始生态的样子，父亲和狗，还是那么尽职尽责地护着它们，到了又一茬植树造林的时候，这些树苗又卖了近一万元。

卖完这一茬树苗后，村里人的眼里开始出现了嫉妒，议论自然也不少。这些都在父亲的意料之中，父亲带着狗，到苗圃又走了几圈，边走边对狗说："咱不要这地了，咱不能要了，再要，就要出事情了，你也不要再来了，你就看好咱的家。"

狗也真灵，从这天以后，父亲不去地里了，它也不去了，它寸步不离父亲左右，吓得村里人不敢接近父亲。

父亲找到了村支书，说他决定把地交了。

支书很惊讶："咱的合同有法律效力，谁眼红也不行，你继续包吧。"

父亲坚持不包，说："明显的有利益的事情，我是党员，要先让给群众。"

支书这才说，其实反映很强烈了，许多人闹着要让大家包，或者让你出高租金，或者让别人出高租金包，反正再也不能一年三百元了。

父亲说，下面多少钱包出去，我不再管了，我只是给村里做个示范，不要随便抛弃哪一块地。

这年冬天，我弟弟到洛阳买拖拉机，对我说了父亲的这些事情，最后说，决定不要苗圃的那几天，父亲对他说："被人嫉妒是很光荣的，但是要有个度，过了这个度，嫉妒就变成恨了，那就要出事情。"

跟在父亲身后，想着这些事情，不知不觉地，走到了那片苗圃跟前，苗圃已经荒芜了，杂草丛生，杂草中可以看见一些树苗子，很猥琐的样子。

我很惊讶："没有再承包出去？"

"没有。"弟弟说，"除了咱家，一村的人都在争，争得一塌糊涂，反倒谁也包不成，就让这地荒了。"

我想，这一荒，父亲的远见卓识就永远地成了村里人心中的丰碑，父亲所追求的光荣，也就永远地在村里人心中固定下来。

四

我在郑州的房子稍微宽裕一些后，就叫父母亲来郑州过冬。

父亲对我的房子很满意，看了一圈后，感叹道："没想到我这一辈子还能住上这好的房子，厕所就在屋里，干净、方便，村里人谁能享受到？我来的时候，一村人都眼红呢。"

我给父母亲各削了一个苹果递过去，我对父亲说："都是你教育得好，我才有长进。"

父亲接过苹果，刚要吃，听了我的话，把手移开了，沉吟片刻，说："你又想起我让你顶大方青砖的事了吧？"没有看我，看着地面。

我连忙说："没有顶大方青砖的事，我就不知道上进，就不明事理，咋会有今天的成就？"

"这话倒也不假。"父亲终于咬了一口苹果，咔嚓咔嚓嚼着，咽下去，转了话题，"城里人吃啥都吃成精了！削了皮就是好吃。"

母亲却把话拾了回来："咱县的那个县长，专门到咱镇上，叫镇书记陪着他来咱家，说他来取经，咋把一个农村娃培养成作家，惊得一村人都来看。"

我笑着问母亲："我爸说他让我顶大方青砖的事了？"

"当然么！"母亲说，"人家是县长，来咱家取经呢，咱能不给人家真经？县长说，你爸这一辈子最大的功劳，就是把娃培养成咧。"

父亲却不让母亲说下去，他打开带来的提包，拿出我们家乡特有的干馍："你肯定想吃了，给，你妈专门给你做的。"转而对母亲，"光说这些陈芝麻烂谷子，去给娃做菜面。"话不好听,声音却很温乎。

我给父亲沏了一杯毛尖茶,父亲没看茶却看着纯净水桶:"咋喝这水?"

我说:"如今污染太厉害,这水过滤了,对身体好。"

父亲没有吭气,过一会儿,小小呷了一口茶,在嘴里回了一下:"嗯,这茶味道正。"

这天下午我就出差去了,一去一个多礼拜,回来那天,我立即去看父母,他们却不在家。我想喝水,却发现纯净水的热水器电源关闭着,我想着父母亲是为了省电,就打开烧水,水开以后就沏茶喝。正喝着,父母亲回来了,我这才知道,父亲骑着自行车,驮着母亲到街上去转了。

我非常高兴,说:"你俩精神这么好,是我最大的福分。"连忙拿杯子,"天太冷,给你们沏点热茶。"

父亲脱下手套,看见我去纯净水热水器那儿,立即制止了我:"这水不能喝!"还没待我反应过来,又说,"我跟你妈喝了四天,浑身都出了毛病,一点劲都没有。我把吃住的所有东西都查了,没问题,最后落到这水上,咱也不知道它咋不好,咱就不喝试试,一不喝这水,烧自来水喝,只两天,啥病都没有了。"

"有这事?"我不理解,"我一直都喝这水,一点事都没有。"

父亲叫我坐下,显得很慈祥,语气也很软和:"许多事情,都是在悄无声息中发生的。你觉得这儿不带劲,那儿不带劲,其实是水的事情,你都以为是身子出了问题。你说是不?"

我虽然不完全同意,但从小养成的习惯使我立即应和:"嗯嗯。对着呢。"

父亲继续说:"我跟楼下的几个老汉聊了聊,才知道郑州这自来水用的是黄河水,黄河水有两个重要支流,就是泾河和渭河,这两条河,就是从咱家乡流淌过来的,所以喝黄河水,就带着咱家乡的水土,咱这身子,是咱家乡的水土生养的,只有用咱家乡的水土连续滋养,骨肉筋脉才能和顺通畅,你说是不?"

"嗯嗯。对着呢。"

母亲根本没征求我的意见,就把我茶杯中的水倒了,提着一个暖水瓶:"来,喝这!"

我已经好几年没有烧自来水喝了,但是在父母面前,我还是端起杯子,喝了母亲倒给我的水。

离开父母居住的房子,我一直琢磨父母亲的话。毫无疑问,父母亲带有浓厚的对家乡水土的感情,思考问题,做事情,也就不由自主地带有感情成分,但是,他们的身体变化,是最说明问题的,在铁的事实面前,我不能不认真对待他们的建议。

于是我也烧起自来水,连着喝了三天,没想到也出现了神奇的效果。我过去和朋友打乒乓球,一般打十局就累了,但是这天，打到十局以后，我还觉得浑身是劲，又连着打了五局，才抹着脸上的汗，痛快淋漓地离开了乒乓球室。

毫无疑问，我放弃了纯净水，连续烧自来水喝了，这样一来，我的精神越来越好，现在打乒乓球，可以连续打二十局。

当我把我的这种感受告诉父母亲的时候，父亲笑了，然后说："你跟家打十局就打不成咧，人家嘴上不说，心里会说你身子不行咧。你如今跟人家一打就是二十局，人家马上就高看你咧。"

我笑着应和："就是，这就是你教育我的光荣，身子精神了，脸上也有光了。"

父亲微笑了一下，沉吟片刻，说："人不管干成多大的事，只要有老家的水土滋养着，就会身子精神，脸上有光。"看看我，"你说对不？"

"对对，对着呢。"我连连应。

"我跟你妈商量了，天一暖和呢，我们就回老家去。"

"不不，我觉着，你们就一直住在这儿。"

"你想嘛，你在外面逛荡了近二十年，有一点家乡的水土，身子就能精神，我跟你妈不一样，我俩在咱那儿生活了近七十年，离得太久了，还是不行。"

五

　　这样的对话进行了多次,我还是没有说服父母亲。清明节前,他俩回去了。送完他们回到家里,我感到心里空落落的。不禁琢磨起来:我在郑州已经有了两套房子,父母亲独立住着这一套,不存在和家里处理不好关系,也不存在城里的生活习惯影响他们的生活习惯,而且,在这儿生活的方便程度,远远高于乡里,他们为什么还要坚持回去呢?想来想去,想不通。

　　人到中年,国事家事天下事,确实繁忙,一忙,时间就过得快,深秋很快就又到了,我立即给家里写信,让父母亲再来郑州过冬。

　　父亲给我回了一封信,说我一去信,全村的人知道我又请他们来郑州过冬,脸上已经光彩了,不用去了。

　　我又写信,用了许多恳切的语言,父亲回信说,你又来信,全村很多人都来看,说我用大方青砖培养出你这么个孝子。但我想来想去,还是不去为好,你实在想我们,你回来看看就行了。

　　于是,我就挑了一个周末,开车回家去了。

　　到家的时候是下午四点多,天空出奇的晴朗,风很小,吹到脸上,感到很清爽。家里的院门闭着,我一推就进去了,迎接我的,却只有那只忠诚的狗。它又摇尾巴又叫的,高兴得直往我身上蹿，我就知道，父母亲不在家。

村里人很快来了，说我父亲被镇上请去，秘密地到一个村庄去清账了。母亲去我妹妹家抱外孙去了，我弟弟正在果园忙乎，已经有人去叫了。

片刻，弟弟就回来了，村里人知道，我们自家弟兄要说私房话，就走了。

从弟弟的叙述中，我才知道，父母亲不去郑州的主要原因是精神上的需要，弟弟说："爸妈在咱村，走到哪里，人都高看，想说话有人跟他们说话，想打牌有人跟他们打牌，每天活得很快活。到你那里，想寻个人说话，人家听不懂咱的陕西话。就是能听懂咱的话吧，跟他说话的人，要么是看自行车棚的老太太，要么是收破烂的一类人，你那院里住着很多省里的领导，正在位子上的，忙得没时间跟人说话，退休下来的，依然满身官气，不会主动和父母亲说话，父母亲清高了一辈子，也不会主动寻他们说话。这样一来，几个月里，说话的人基本上就他俩，你说急人不？在咱这儿呢，就完全另一个样子，比如说吧，爸今天被镇上请去清账了，请得很神秘，说是一个村的账出了问题，群众举报，镇党委经过研究，把爸请去了，说全镇能两只手打两个算盘的，就咱爸一个，只要爸去清账，一准能清好。你想想，爸被镇上高接远送的请去弄大事，他心里多光荣，在你那儿，能有么？"

我恍然大悟，拍了一下自己的大腿："我咋就没想到这些呢！"

进而想到，要让父母亲在郑州，也建立起能够让他们光荣的圈子，已经不可能了，我不禁有些黯然，对弟弟说："看来，我这一次是接不走父母亲了。"

那时候家里还没有装电话，弟弟到村委会那里，给镇上打了个电话，说我回来了，要么让镇上送父亲回来，要么告诉他，父亲在哪个村子清账，我们去接。镇上的值班员说这次清账严格保密，不能让我们去，只能是他们送，让我们等着。

于是，我们就去妹妹家里接回母亲。妹妹也来了，一家人热热闹闹地说话说到半夜，其实都在等着父亲。后半夜了，大家才知道今天回不来了，才睡。

第二天上午快十一点的时候，父亲才被他们送回来。镇上还跟来一个领导，跟我寒暄了一阵后，说父亲只能在家待半天，下午五点，他们来接。

父亲一脸的欢喜，洗了一把脸，就单独带上我，去给爷爷奶奶上坟。

父亲快七十的人了，在爷爷奶奶坟前，依然跪得很孝，烧了纸钱以后，头在地上磕得很响。我仿效着父亲，也不敢有半点马虎，想起爷爷奶奶对我的好，我的眼睛湿了。

这是一片坡地，不好种庄稼，所以村里辟出来做公墓。上完坟后，我和父亲就坐在爷爷奶奶的坟前，风吹在我们脸上，把沾在额头上的土吹走了一些，父亲在额头上抹了一下，抹掉了残留在额头上的土，我也举起手抹了一下。

父亲声音很低、却很凝重地说："叫你回来，就是为这一会儿呢，我想当着你爷爷奶奶的面，给你说一些大事。"

我看看父亲，看看爷爷奶奶合葬的坟，声音也凝重起来："你说吧。"

父亲把两只手攥到一块儿："人这一辈子呢，就像油灯，不管火捻子烧得多亮，灯油总是有数的，火再亮，灯油熬完了，灯就得灭，灭么，就要灭在该灭的地方，就要跟你爷爷奶奶在一起。"看着我，两只手攥得更紧了，"知道么！"

"知道咧。"我连忙应，突然觉得父亲说得很悲壮又很凄惨，头不由自主地低下来，"我叫你去郑州，生活条件等方面都要好一些，我爷爷奶奶疼了我一辈子，没享受到好日子，我想让你和我妈，替我爷爷奶奶享受享受。"

父亲攥着的手突然松开："去不去改些天再说，反正眼下是走不开，你看到的，镇上的事情，人家敬咱一尺，咱就得敬人家一丈，对不？"

"这个我知道。"我说，"我知道今天接不走你，但眼看着天就要冷了，咱这儿的冬天，寒气太重，路上还有冰溜子，我一直不放心。在城里，有暖气，街道上一有冰雪，就除了，一点不用自己操心。城里头生活条件和医疗条件都好，人活百岁是常事。真到老了那一天，我保证让你跟我爷爷奶奶在一起就么！"

父亲看看我："一起是个大方位，再细一些，你得知道地方。"

我说："我听你的吩咐。"

这一年雨水稠，坡地上的草长得很茂密，父亲抚着地上的草："就在这儿，就在我坐的这儿。"

"我记住咧。"我朝四周一看，爷爷奶奶坟的西边，有几座坟，东边却没有，东边正是太阳升起的地方，我们恰恰就坐在这地方，我说，"我还得给村里说一下，小心别人占了。"

父亲点点头："你爸我这一辈子，活得很光荣，你知道为啥不？"

我看着父亲。

"都是你爷爷教的管的！"吸了一口气，"就是那块大方青砖。"

我心里豁然一闪："噢——"不禁对爷爷肃然起敬，深深地吸了一口气，"爸，我的所有光荣，也是你给的。"

"其实咱的所有东西，都是咱这儿的土地给的！"父亲认真地说，"没有土地，就没有咱的命，咱的命要活得旺，还离不开它。包括大方青砖，也都是用地里的土烧成的。"

"嗯。"我深深地点点头,"对着呢!"

父亲腿一蹴,站起来:"来,给你爷爷奶奶作个揖。"

六

星期一还要上班,我下午必须赶回郑州,母亲把一床大棉被给我放到车上:"我总觉着你盖的那被子不是真棉花,我给你絮了一床八斤的。"

我说:"还得带上一样东西。"

弟弟垂着两只手:"你说要啥,我去拿。"

我说:"大方青砖。"

父亲脸上露出笑容,没吭气。母亲说:"上次去你那儿,我跟你爸就想带给你,想了想,你得的是个女娃,是娃总会犯错,小子可以顶砖,女娃咋能顶呢?!就没带。"

我说:"这是咱家的传家宝,我要收拾好,女娃不能顶,但可以给她说,让她知道长进。"

弟弟看着父亲:"拿么?"

父亲点点头:"去拿。"

弟弟两只手抱着大方青砖,快步走了过来。我连忙打开那床被子:"放到这儿。"

"这咋行,把被子弄脏咧。"

"放吧。"我说,"咱家的土,最干净。"说着接过来,放到被子正中,撩起四周的被角,紧紧裹住,这才合住汽车后备箱。

我刚要上车,镇上接父亲的车也来了,我就合住车门:"爸,我先送你走。"

父亲连连摆手:"你走吧。"

我没吭气,也没上车,看着镇上的车停下了,镇领导从车上下来。

父亲这才说:"那好,你,一路上,车,开慢点。"平时他说话很少这样结结巴巴的,而且几个字一顿,说明他和我离别时分酸楚的心境。说完了一背手,朝镇上的汽车走去。

这时候,太阳卧在村子西边那家黑灰色瓦屋的顶上,给父亲的身子画了一个金色的轮廓,我看着父亲有金色轮廓的背影,突然觉得父亲很像爷爷。

"爸——"我在心里轻轻地叫了一声。

羑里采蓍

我有一个叫圣的很神秘的乡党，他小学还没毕业的时候在算卦上就超过算了一辈子卦的父亲。那一天一个乡党去寻他的父亲算卦，说他家的四眼狗丢了，问是哪个方向的人偷走了。他的父亲正让问卦者掷铜钱的时候，圣在门外说："不用寻，三天以后就自己回来了。"圣的父亲和问卦者都愣了一下，没有理睬圣。算完后，圣的父亲告诉问卦者："狗在东南，去寻吧。"丢狗者就朝着东南方，一个村庄一个村庄地寻，连寻了三天，没有半点踪影。一家人正在月光下发愁的时候，突然听见村子东南方向响起了四眼狗的叫声，片刻之间，四眼狗风尘仆仆地跑回家。从此，圣的名声就在四乡响起来。

　　圣二十多岁的时候，一对老夫妻于夜半到圣家为闺女问嫁，圣看了老两口掷的铜钱，算了一番，说是他累了，今天算不出来。老两口就一个闺女，急得给圣跪下了。圣只好说："你刚刚摆的卦象叫黄牛入井，我只能说这些，再说我就要遭罪了。"就这圣还是遭罪了，男方知道了女方毁约的原因，一方面加紧向女方游说上财，一方面派了三个小伙子，将圣痛打一顿。这使圣的名声受到巨大损失，人们说起圣就笑："连自己被打都算不出来，还不把那几个铜钱扔到井里头？"但是很快人们就不说了，因为那个闺女嫁到男方以后，整日挨打，跑了几次，都被抓了回来，真可谓黄牛入井。这一来，又大了圣的名声。但圣在三十岁那一年端午节早晨，干了一件让任何人都不可理解的事，他用钳子生生将自己的门牙拔了一颗。他说他那一天有躲不过去的血光之灾，只有拔牙淌血，才能破灾。这一行动让四乡的人产生了很复杂的心理。我听到以后觉得好笑，又感到身上起了鸡皮疙瘩。

　　1998年我在某市担任副市长的时候，开车回家，半路上见到在路边凉棚下悠闲地抽水烟的圣，就停下车去看他。说了半天圣才认出我来，就高声说听说我当了市长。我说不是市长是副市长。圣却说："副的正的倒不要紧，要紧的是实的还是空的。"一句话说得我的脊背一凉，因为我是代职副市长，确实没有啥权，基本上是空的。但我不相信他有这神，连铜钱都没掷就知道我这个副市长是空的，我就依然微笑着，问啥叫空的。圣抽了一口水烟，略一沉吟，说："有职没权——有水没船；有权没威——有风不吹。"一番话使我的笑容凝固在脸上。后来听乡党们说，圣研究《周易》已经研究到了出神入化的境地，现在根本不用掷铜钱了，只把你来的时辰、你来时站立的方位一琢磨，就出卦了。

但是去年秋天,一位来探访我的乡党告诉我,圣死了。一个有大钱的人开奔驰来接他去算卦,在半路上出了车祸。乡党说圣早就知道自己那天要死,所以临出门以前对妻子说,他这一辈子泄露了太多的天机,折寿,儿子万万不能再走他的路。乡党认为圣死得值,临到阴间还坐着高级轿车。

说真的,圣的死给我留下了太多的悬念,同时,《周易》在我心中也增添了太多的悬念。

我出生于二十世纪五十年代,四书五经基本上就没有读过,只觉得易经就是一部占卜的书。真正一接触,才知道我的想法恰与两千多年前的秦始皇相一致,也正因为秦始皇这种蔑视《周易》的态度,才使《周易》在焚书坑儒中免遭劫难。这种看法显然是浅薄的,易经既然排在五经之首,必然有它的道理。《系辞传》记载了孔子对《周易》的评价,译成现代汉语为:"《周易》的道理应该是至善至美的!《周易》,是圣人用来增崇道德、开拓事业的。智慧贵在崇高而礼节贵在谦卑,崇高是仿效天,谦卑是取法地。天地设立了上下尊卑的位置,《周易》的道理就在其间变化通行。能够用《易》理修身以成就美善德性而反复涵养蕴存,就是找到了通向'道义'的门户。"近两年在电视剧中很惹眼的纪晓岚,在其所编《四库全书·经部易类小序》中写道:"《易道》广大,无所不包。"现代人对《周易》的评价就更高了，台湾一位陈姓学者说："言天文则《易》为天文，言历数则《易》为历数，言数学则《易》为数学，言音律则《易》为音律，言科学则《易》为科学，言哲学、艺术则《易》为哲学、艺术，凡医学、兵学、术数等，莫不与《易》合。此所以《易》为经中之经，为吾国一切学术思想之大经大本。"

既然《周易》如此博大精深，我就买了一本来研究，越研究越觉得其中奥妙无穷，越研究越觉得自己才疏学浅。过去不知时还敢豪气十足地讲什么天地乾坤、君臣父子、朋党亲友、刚柔阴阳等等，现在才知道，过去敞口所谈的，只是其皮毛，离其深部机理，相去甚远，就油然对《周易》的作者，产生了深深的敬仰之情，于是就在今年三月下旬一个风和日丽的上午，驱车前往《周易》的写作地——羑里。

上车的时候我不禁想到，当年著《周易》的西伯姬昌，是被残暴的殷纣王关押在羑里的，而且关押的原因极其荒唐。据《史记》记载，因为"九侯有好女"，被纣王召进宫。但九侯女不喜欢与殷纣王过度地淫乐，被殷纣王杀害，同时还杀了她的父亲九侯。鄂侯为九侯辩护，殷纣王干脆命令刽子手将鄂侯剁成肉酱做成饼让大臣们吃。当时担任周族首领、被纣王封为西伯的姬昌听到此事，仅仅长叹一声，就被朝臣崇侯虎上告纣王，纣王立即派人将西伯抓获，囚于羑里。当时周族在今陕西省关中一带，当年姬昌已经八十二岁了,坐囚车从周之首府岐山到羑里,可以想象有何等艰难。他本来贵为首领,侍者成群,一下子站在囚车里,不但不能坐卧,而且饮食难保,在最少一个多月的路程中,能够活着到达羑里就是奇迹。而纣王的残暴是西伯所深知的,所以他到了羑里,明明知道自己的生命危在旦夕,怎么还能静下心来,将伏羲八卦演为六十四卦、三百八十四爻呢?!

不可思议!我在心中感叹。

从郑州到羑里虽然二百多公里,但因有高速公路相连,所以只一个多小时就到达汤阴县,从县城往北,片刻工夫就到了羑里,从汽车里程表上看,离城也就三公里多。这里是一望无际的平原,从这样大面积的平原状态来看,可以断定是远古时期的黄河冲积平原。黄河北去之后,留下了两条小的河流,一为汤河,一为羑河,古时称它们为汤水和羑水。汤阴县城在汤水之南,故称汤阴;而羑里在羑水之南,却称羑里。一些文献记载,盖因羑水在羑里城北面绕了个环状,然后东去,羑里城似由羑水所包,故称羑里。但我想,羑与囿同音,而囿又含拘、限的意思,不但囿,而且要囿在里面,以示不可逃脱。这大概是殷商统治者取其名的真正原因。

现在的景区被一圈高墙圈着,进了大门,就看见了羑里城遗址,遗址高出地面5米。讲解员告诉我,这处高台南北长106米,东西长103米，在夏朝时就被当作国家监狱，当时叫夏台。到了商朝，才改叫羑里；而到了周朝，就又叫作囹圄了。不管咋改，都是监狱。

我不禁佩服古人的精明，在无垠而平坦的开阔地上，建立一个显然是堆积起来的高台，别说是有人把守，就是无人看管，想从这个高台上逃脱都是极其困难的，因为从周围几十里以外，都可以看见这座无遮无掩的高台，你怎么可以逃脱呢？

上了高台，有文王庙，有参天的古木，还有许多碑刻，但我都无心去看，我让讲解员直接带我来到演易坊。

这是一座简易的草房子，虽然是后来重建的，但我认为草房子符合当时的实际情况，殷纣王富丽堂皇的宫殿是众所周知的，而贵为西伯的姬昌也有豪华的官邸，普通平民则有砖瓦房舍，但囚犯已沦为人下人，一脚踏在阴间，一脚踩在阳间，所以，有草房遮风挡雨已经不错了。

走进演易坊，站在文王塑像前，我专注地看着正在安静思考着的西伯，长发在后，长须在前，都静静地垂着，一双眼睛，含蓄而又深邃。这应该是西伯当时演易的状态，没有这样的状态不可能演出《周易》。但我同时想到，到了羑里就是重犯，就有一把虽然看不见却可能随时砍下来的大刀在头上悬着，在这样的状态里，八十二岁的姬昌怎么还能安静地做学问、推演出包罗万象的《周易》呢？

后来我想到了时间。西伯在这里不是拘了一天两天，也不是一月两月，而是七年。七个寒暑更替，两千多个日出日落。在这七年里，虽然时时刻刻都有被杀的危险，但开始和后来是不同的。刚刚到达这里的时候，九侯和鄂侯被杀的血腥味儿还没散尽，西伯不可能不恐惧。但是一日一日渐渐过了，那把悬在头顶上的刀却一直没有落下来，这时候，西伯脑子里应该只有一个问题，那就是这把刀还会不会落下来，如果落，什么时候落下来？

不知自然想知，而这个答案只有一个人知道，那就是殷纣王。就是殷纣王也不一定能说清楚，因为他喜怒无常，他也不知道他什么时候会因何事动怒而产生杀掉西伯的念头。所以对西伯姬昌来说，最简捷的办法就是：自己占卜。

当时人们遇到重大事情都要占卜，用的都是伏羲八卦，用伏羲八卦占卜最简单的办法就是将龟甲用火烧，然后观察火烧过后龟甲的纹络，画出卦象，进而得出结论。但在囚禁期间，这显然是不可能的。所以只好用第二种办法，那就是用草节演算，而在羑里，在这关押高等犯人或者重要犯人的地方，屋外遍地疯长着的，是生命力极强的蓍草和蒿子。蓍草是西伯姬昌所熟悉的，因为从中原到西北，凡荒坡野沟，其他娇气的植物不能生长的地方，都是蒿子和蓍草的天下。所以面对蓍草和蒿子，八十二岁高龄的姬昌当然会生出同命相怜的感叹，同时，会为蓍草和蒿子不因位卑而自弃的精神所激励，于是就地取材，用他平时看不在眼里，此时却加以敬仰的野草来演算。

是选择蓍草还是蒿子，我想姬昌是做了比较的。蒿子秆短枝杂，而蓍草枝多，叶茂，节长而直。西伯就选择了蓍草，用它的长而直的节来演算。节、长、直，这三个代表着某种品格的汉字，姬昌在选择和演算的时候，会不会想到呢？

我想开始是不会的。因为他在为命运占卜。而演算一次会得出一个结果，结果自然有凶有吉。遇吉时，西伯自然会喜悦，但这时的喜悦带着不可躲避的忐忑。遇凶呢？西伯肯定紧张，紧张中甚至会有恐怖。

还有，姬昌是非常熟悉伏羲八卦的，将八卦图用蓍草节摆在地上，不用演算，光是方位，都会使西伯姬昌不寒而栗。因为周地处于商朝首都的西方，当在坎位，属水。而商朝首都朝歌在周地的东方，恰在离位，属火。水火怎能相容？！

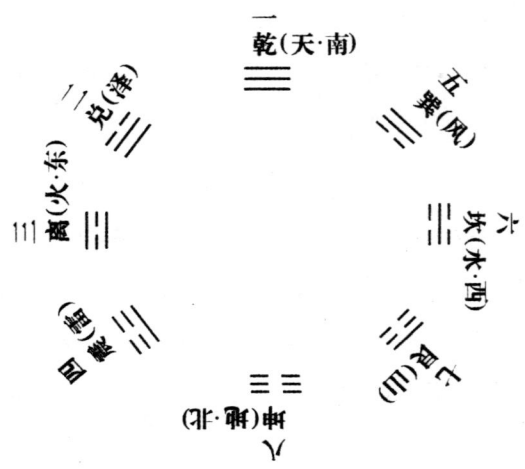

既不能容，就会相克。两相相克，自然势大者为上。而纣王贵为天子，西伯为阶下囚。所以从卦象看，纣王杀西伯，只是个时间早晚的问题。这样的卦象摆在面前，西伯的心情能不沉重？！

刀在头上悬着，卦在面前摆着，心里惴惴不安着，西伯姬昌唯一所想的，应该只有一个字：变！

伏羲的八卦图，讲究太极生两仪，两仪生四象，四象生八卦。而且卦卦相对应，两个对应的数字相加，得数都是九。

这样的卦象，表现了自然界的原始状态，而因为有了人，原始的状态就会发生许多变化。比如可以让河流改道，这一改，河北面一些属阳的地方就到了河南面，反而属阴。原来在河南属阴的一下子就到了河北，变阴为阳了。还有，你本来居于水位，与火相对，但你挪一个地方，不就全变了吗？所以，人的行动，会改变自然天成的原始状态！

要变，必须变，而且变是自然界因为有了人的必然结果。所以八卦在讲究天道、地道的同时，应该加上人道，使其更加符合人类社会！

已经饱经沧桑的八十二岁高龄的西伯姬昌应该是在这样的时候下了改变八卦的决心的。既然改变旧的观点和方法，就是一个新的观点和方法的诞生，而这个新的观点和方法应该有一个崭新的名字。

易，变也。姬昌在决定了这个名字的时候不会不想到它的含义，而易的含义又因蜥蜴而生。古人与动物之间保持着一种亲密的关系，观察到蜥蜴为了保护自己，随着温度变化而不断地改变着自己身体的颜色。

光有名字才是个开始，巨大的工程在于演易的过程，而这个过程是需要大量的时间和精力的。好在西伯姬昌只是被拘在羑里，只是被限制在这一百平方米左右的土台上活动，并没有让他做其他苦工，所以他有足够的时间和精力来研究、改变伏羲八卦。

姬昌在这小小的土台上被囚禁了七年，如果他整日担惊受怕，整日想着悬在头上的刀，从八十二岁到八十九岁这七年间是极其难以度过的，说不定没被纣王杀死反而忧愁致死。但就因为有了易的研究，他的生命不但没有憔悴反而更加旺盛了，刀还在没在头上悬着他已经不在乎了。随着易研究的深入，一个宇宙摆在他的面前，人的各种状态摆在他的面前，于是，在他的眼里，君、臣、父、子，不再是上尊下卑，而是互相求索，相互依存。金、木、水、火、土相生相克，春夏秋冬循环往复。天是有天道的，此道为阴阳；地是有地道的，此道为刚柔；人是有人道的，此道为仁义。三道互动，变化无穷。仅仅八卦是完全不够的，所以将八卦重叠，就有了六十四卦三百八十四爻。卦象成了，又需以卦辞揭示机理。姬昌的工程繁杂而又浩大。所以姬昌的每一个日子应该是非常充实、非常愉快的。

现在我们研究姬昌在三千多年前所写的卦辞，不得不为姬昌的智慧所折服。一些卦辞看似简约，却蕴藏着无尽的奥妙。比如泰、否，就有着否极泰来的辩证观点。所以通观《易经》六十四卦，卦卦递进，相辅相成。宇宙间的许多玄机都囊括其中。

在这样的研究状态中，七年的时间是很容易度过的。到后来，生死已经不重要了，因为姬昌为他的思想、灵魂已经创造了第二个载体，那就是易。

虽然后来纣王放了姬昌，姬昌的次子率兵灭纣而建立了周朝天下，并封父亲姬昌为文王，但是，在我们的眼里，周朝并不重要，文王的称号也不重要，重要的是易。中国已经有许多个朝代了，多个朝代少个朝代无关紧要，而易是不可取代的，是通天达地的，是永也不会死亡的。我们在读着易的时候，似乎又见到了姬昌，姬昌的灵魂由于这第二个载体而得到永生。所以说，与其说殷纣王囚拘姬昌是给了姬昌苦难，不如说殷纣王成全了姬昌，给了他沉思的时间，给了他创造第二个生命载体的环境和心境。所以司马迁在《报任安书》中写道："文王拘而演《周易》。"

从演易坊出来，站在蓍草圃前，我不禁又想到，历朝历代以来，关押的政治犯多了，也就是说和姬昌处于同一种境遇的人多了，有几个能若姬昌，演易出这样的经天纬地之作？这里面有一个重要的问题，就是，有几个人能将生命置之度外，潜心研究学问，并将学问作为自己的第二个生命，以承载自己的灵魂呢？

后人尊称姬昌为"圣人"，他得之无愧。

圣人两字，不由使我想到了诗圣杜甫。再往下一想，杜甫竟然有许多地方和姬昌一样。

生于河南巩县的杜甫抱着"致君尧舜上，再使风俗淳"的理想，期望为国效力，三十多岁后赶到京城长安，境遇却是"朝叩富儿门，暮随肥马尘。残杯与冷炙，到处潜悲辛"，甚至"卖药都市，寄食友朋"。十年后，杜甫总算谋到了一个右卫率府胄曹参军的小官，也就是甲胄仪仗保管员，在部队里，是最低的一个官职，俸禄自然也是最低的。这年冬天，他从长安回奉先县看望妻小。途经骊山，唐玄宗和杨贵妃正在华清宫里饮酒作乐，丝竹之声，从宫里飘荡出来，穷困的杜甫此时怎能不生出万千感慨！经过几天奔波，终于到家，却见未满周岁的儿子刚刚饿死。杜甫此时的悲痛是不言而喻的，而且他所面临的更为严酷的现实是，他自己也将无食果腹。但就在这种情况下，他竟然还没忘记写诗，《自京赴奉先县咏怀五百字》一诗就是此时所写。其中"朱门酒肉臭，路有冻死骨"，就是对那个腐败的时代和他悲愤心情的高度概括。

"安史之乱"时，杜甫被叛军抓获，押送长安。虽然过着俘虏的生活，但他还是写出了"国破山河在，城春草木深。感时花溅泪，恨别鸟惊心。烽火连三月，家书抵万金。白头搔更短，浑欲不胜簪"的千古名句。

杜甫侥幸逃跑后，却又因为得罪皇帝李亨被贬回家。战乱年代，回家的路上不但衣食无着，而且安全根本没有保障。但就在这种情况下，杜甫还是写出了《新安吏》《潼关吏》《石壕吏》《新婚别》《垂老别》《无家别》六篇乐府体名诗。其中《石壕吏》尤为生动。洛（阳）三（门峡）高速公路未通之前，我每从三门峡去郑州，都要路过石壕村，每到村边都会想起杜甫的名句："暮投石壕村，有吏夜捉人。老翁逾墙走，老妇出门看。吏呼一何怒,妇啼一何苦。听妇前致词,三男邺城戍。一男附书至,二男新战死。存者且偷生,死者长已矣!室中更无人,惟有乳下孙。有孙母未去,出入无完裙。"

年近五十岁时,杜甫才在朋友的帮助下,在四川成都西郊浣花溪建了一座茅屋,就是我们现在所称的"杜甫草堂"。由于经济困难,草堂营建历时两年,刚刚建成却又被秋风吹破。若是一般人,可能会因此哭天嚎地,捶胸顿足,杜甫却将满腔的悲怆化成著名诗篇《茅屋为秋风所破歌》:"八月秋高风怒号,卷我屋上三重茅。……床头屋漏无干处,雨脚如麻未断绝。自经丧乱少睡眠,长夜沾湿何由彻?安得广厦千万间,大庇天下寒士俱欢颜,风雨不动安如山。呜呼!何时眼前突兀见此屋,吾庐独破受冻死亦足!"

其实,天下有的是"广厦",只是没有杜甫的罢了。

杜甫晚年,无家可归,乘一只小船到处漂泊,而且身患严重的消渴病(糖尿病)和风湿病。就在这样的境况下,杜甫还写了不少好诗,其中《江南逢李龟年》具有很强的声画效果:"岐王宅里寻常见,崔九堂前几度闻。正是江南好风景,落花时节又逢君。"

公元770年,五十九岁的杜甫携全家乘船溯湘江而上,到郴州投靠舅父,却因洪水被阻耒阳,断食五天。耒阳县令听说后,送来牛肉和酒,杜甫食后不久去世,因此民间有杜甫是被撑死之说。过去，一般穷苦百姓被撑死或被饿死是常有的事，谁能将这极其悲惨的死因和诗圣杜甫联系在一起呢？！

但这是事实！

也许杜甫太钟情于诗歌了，在诗歌上花费的时间和精力太多了，才使得生活捉襟见肘。也许由于他的生活太苦了，才使他的诗歌具有广泛的人民性，"国家不幸诗家幸，赋到沧桑句便工"，从而得以千古流传。但不管怎么说，杜甫把诗歌看得比生命重要，所以他的死，是为诗歌献身了。献了身，却留下了灵魂，在诗歌里。

由杜甫的献身，不禁使我想到了李伯安。

二十世纪八十年代中期，我在文学月刊《奔流》上发表了一篇描写太行山人生活的短篇小说，李伯安为我的小说插了一幅图。山民脸上那刀刻般的纹络至今给我留下深刻的印象。后来在一个朋友的聚会上，我和伯安相遇，经人介绍，互相握手寒暄几句，给我的印象是：文弱书生、老兄。此后很少接触。

1999年春天的一个黄昏，摄影家张先生突然约我去喝茶，说有重要事情告诉我。见面后他将一沓照片在长条桌上排列开来，于是，一幅名为《走出巴颜喀拉》的长卷画作出现在我的面前。

我当即被画作中那宏大的气势震撼了，禁不住问："这是谁的？"

"李伯安的。"

"我想看原作！"我大声说，弄得茶馆里很多人对我们侧目。

"没法儿看。"张先生说，"原作长一百二十多米，高近两米，只有在展览馆才能展开。"

"那，我也得见见伯安老兄，能画出这样的大作品，不亚于愚公移山！"

张先生这才沉重地告诉我："伯安兄已经去世了，而且……是累死在画作前的，你看最后这张照片，这是他百米长卷的结尾，他取名为"天路"，但他仅仅画出了草图，还没来得及仔细描摹，就……"

我把杯中的茶一口喝尽了，茶很苦。

不久，我专程赶到北京，在中国美术馆参加了《走出巴颜喀拉》的展出仪式。而且，我在仪式开始前一个多小时到达中国美术馆二楼展厅。

我虽然已经看过照片，但站在大气磅礴的原作面前，我又一次被震撼了。巨幅画作分为十个主题，每一个主题都让我长久流连。而且，我虽为作家，画作中所表现出来的博大而神秘的意象，放射出的以水墨为主调的色彩的魅力，却让我很难用准确的语言加以表达。所以选其一段，展示于下。

　　我知道这次展出在目前比较浮躁的画坛肯定会引起轰动，但我没想到，画坛中许多我只闻其名未见其人的重量级人物都参加了这次对他们没有任何功利的仪式。其中许多人物的发言，更进一步增强了我对《走出巴颜喀拉》的认识。文化部中国画研究院院长、中国美术家协会副主席刘勃舒先生动情地说："人物画画到如此境界，我认为前无古人，后无来者！我们这个时代是伟大的时代，我们这个时代是出伟人的时代，李伯安就是我们这个时代的伟人！"中国美术家协会常务副主席、著名画家刘大为先生说："李伯安作品造型的复杂，功夫的精湛，工程的浩大，以及技巧与风格的全新创造，都令人钦佩不已！我们的画坛多年来少见如此气势磅礴、豪气逼人的作品了！"在文学和美术上造诣皆深的冯骥才先生激动地说："伯安是累死在画前的，是累死在这伟大的作品前的，但对于他的死，没有任何一家媒体发消息，因为他太没名气了。在当今这个信息时代，竟然给一个天才留下如此巨大的空白，这是对自诩为神通广大的媒体的一种讽刺，还是表明媒体的无能与浅薄？"

发言还很多，赞扬还很多，我就不一一列举了。我长久地思考着冯骥才先生的话。

确实，在此之前，伯安是毫无名气的。为了这幅长卷，伯安画了整整十年。

在这十年里，他没有心思，也没有时间去与别人争名额有限的职称，所以临去世，他的职称还是副高。

在这十年里，一些和他同年毕业的人已经身居高位，但他不惊不羡更不去跑。在这十年里，懂行的画商出高价要他画200幅太行人物头像，他没有为之动心。他并不是不缺钱，他是太缺钱了。起码得有个像样的画室，但他没有。为了画《走出巴颜喀拉》，他竟然在一个小学租了一间废弃的房子，将仅能躺下一个人的权且称为床的木板支在那里，画累了就在那里睡。因为他是一个出版社的美术编辑，他还有必须完成的日常工作任务，这样他才能领到一份赖以生存的工资。所以，他的创作，只能是业余的。如果有钱，还用在业余时间画吗？起码得出一本画册或办一个画展，让世人知道他已经处在一个什么样的创作高度。但他没有钱，也没有时间去折腾这些。

在这十年里，他的儿子从小学上到大学，每一步都是需要钱的，他只好从自己的日常开销中去省。

在这十年里，他更没有媚俗，去画一些声色犬马追求视觉愉悦的东西，更没有做个人小情小趣的玩味，也许那样，他早就出名了，成所谓的大画家了，成了媒体追踪的对象……

然而他没有，他耐住了寂寞，耐住了贫困，在刚刚着笔《天路》的时候，走上了他的"天路"……

开展仪式结束后，我禁不住从头开始，重读《走出巴颜喀拉》。

中州古籍出版社的黄先生与我一起重读。

黄先生是深知李伯安的。他对我说："李伯安在这十年的时间里，颈椎病一直伴随着他，而且越来越厉害。但他很少去治，因为他知道治颈椎病没有什么特别的办法，最有效和最直接的办法就是去按摩。省体委的王世伟大夫本就是他的朋友，在按摩上就有独特的建树，但他不去找，他说太费时间。所以他的画室里摞着许多颈复康的盒子。画到最后一个月的时候，我去看他，他揉着脖子说：'快画完了，我觉得我这油……快熬干了……'果然，一个月后的上午，他在连续画了四个小时之后，一头栽倒在画室。

"他才……五十四岁,是一个艺术家最好的年华!

"深知李伯安绘画品位和成就的朋友在这巨大的噩耗面前惊呆了,他们本来要等待《走出巴颜喀拉》面世的时候再为李伯安鼓与呼的,但他们没有等到这一天。人都忙,大家只是断断续续地看过《走出巴颜喀拉》,当然看到的也是片段。但在李伯安倒下的时候,大家才看到了这幅作品的全部。在这伟大的作品面前,没有一个朋友不为之震动的。

"于是,几个朋友决定,要让世人了解李伯安,要让世人看到《走出巴颜喀拉》,要为李伯安出画册,要为李伯安办画展。

"但仅仅这两项,就需要巨额资金。朋友们进而决定,呼吁全国的画家为李伯安捐赠画作。

"现在是商品经济社会,人们是很重视金钱的,许多名画家的作品不但价格昂贵,而且难以求到,所以朋友们发出呼吁信后心里并没有底。也许是伯安的人品和画作征服了大家,也许是大部分画家心里还守着那一份神圣和纯真,不管怎么说,在短短的两个月里,朋友们就收到一百五十多幅名家画作。

"于是,一些收藏家、企业家主动找上门,要出大价钱购买这些捐赠的画作。

"直到这时,朋友们的心才放下了,也才能够办这样一个画展,也才能够出版一本豪华的《李伯安画集》。"

这时候,一个面孔白皙的小伙子朝我们走来,黄先生告诉我:"这是伯安的儿子。"

"郑叔叔好。"伯安的儿子朝我伸出手。

我紧紧握住孩子的手,却说不出话来。

我哭了。我不记得,我已经多少年没有哭过了。

后来,《走出巴颜喀拉》又在上海和广州展出,引起了更为强烈的关注和巨大的轰动。评论家认为,李伯安是二十世纪最伟大的国画家之一,《走出巴颜喀拉》为二十世纪的中国画坛做了一个沉重而灿烂的总结。

伯安如果活着,今年应该五十九岁了,与杜甫去世的年龄一致,但他毕竟比杜甫早走了五年。一个五十四岁,一个五十九岁,若卦在乾位,时在深秋。这时候,我才进一步领悟到,为什么姬昌将伏羲八卦的乾位由南方挪到了西北方,那正是深秋所在的位置。同时想到了那简约而又深奥的卦辞:元亨利贞(元始创造,亨通畅达,和谐有利,贞正坚固)。

思绪飘飘,飘到杜甫,又飘到伯安,终于回来,还在羑里,还在演易坊前。

姬昌、杜甫、李伯安,一个是圣人,一个是诗圣,一个是画家。一个顶着悬在头上的刀演绎出了通天达地的《周易》,一个在贫困潦倒走向死亡的过程中写出了不朽的诗篇,一个淡泊名利、不求闻达，熬尽生命之油画出了伟大的《走出巴颜喀拉》。在他们各自的时代里，不乏丰衣足食的人，不乏时运亨通的人，但这些人的灵魂随着他们躯体的死亡一起死亡了，而姬昌的《易》，杜甫的诗，伯安的画，却以另外一种形式，若他们的生命一样延续着他们的思想和灵魂。只有这样的延续，才是永垂不朽的。

演易坊前面是一片蓍草圃，我想到了《易传·系辞》中"大衍之数五十"的句子，于是在蓍草圃里采了50根蓍草，整齐地捆在一起。

不由琢磨起蓍字。

蓍，藏在草里的，与草融为一体的老日头。

老日头是最具智慧的日头，老日头也是将要落山的日头。但日头与蓍草融为一体，生生不息的蓍草就将老日头的智慧延续下去了。三千多年前西伯姬昌被拘押在这里，这里偏偏野生了许多茂盛的蓍草，供姬昌演易。

这里面，似乎藏着太多的玄机。

但当我在温和的阳光里凝视着手中的蓍草时，我却想到了姬昌与易，杜甫与诗，伯安与画，皆若与草相融的老日头。

蓍，也许是一种图腾……

绝地

也许因为我那时候小，也许因为我见的世面太少，所以那四匹高头大马的光辉形象，至今还清晰地印在我的脑海里。

那是二十世纪六十年代初期的事情。一条沙石路从我们村庄修过去，我们镇供销社的一辆四驾马车便不定期地从我们村庄通过。一匹黑色大马驾着车辕，一匹棕红色大马、一匹红白相间的花马和一匹青色大马并排走在前面，拉着梢。马车快到我们村庄的时候，马蹄声就很有节奏地飞到我们的耳朵里，十几个和我一般大小的娃娃们，便飞跑到沙石路上去看。车夫是一个三十多岁的汉子，坐在车辕上，随着马的走动，身子在车辕上一颠一颠的，很自豪而又很自在的样子，一见我们过去，他立即挥舞起长鞭子，在马车左前方和右前方各甩一鞭子，甩出两声干冽的响声，吓得我们躲在路边不敢朝前一步，马们却在鞭梢的炸响中来了精神，昂起头，扬起红缨子，小跑着从我们面前过去，带起一阵飞尘。飞尘落下去的时候，马蹄声还在路的前方响着，"呱嗒呱嗒"，一直响到很远很远的地方。

我的村庄小，有牛有驴有骡子，就是没有马。赶集的时候，我到骡马市上见过马,但那些被卖的马拴在柱子上,一个个都垂头丧气的,大概在为自己的命运担忧,而且,马的主人从来不准我们小孩子走近他的马,说是害怕马踢住我们。所以,这四匹高头大马,成了我们村小孩子们梦寐以求近距离观赏的对象。

但是,那个骄傲的车夫和他的鞭子,成了我们难以逾越的障碍。

那一天马车快到村庄时,村西头的狗娃端了一碗水站在路边,在马车飞驰而过时,大声叫:"叔叔,喝口水。"

那个被他称作叔叔的车夫不但没有停,而且朝他甩了一鞭子,就甩在离他一尺远的地方,吓得他把碗都撂了。

狗娃与车夫有了仇恨,就把弹弓装在裤兜里,当马车又一次路过村庄时,他给弹弓装上石子,一弹弓打到车夫的胳膊上,车夫"噢儿"地大叫一声,手一颤,鞭子从手里滑落。马们被车夫奇异的叫声吓住了,驾辕的黑马长嘶一声,前面的马也昂起头啸叫起来,眼看着要奔跑,车夫把套绳拉住了,拉得马的脖子都朝后了,马才停住,车夫这才下车,去捡鞭子。

我们就趁着这个千载难逢的机会,跑到马跟前看马。我跑到那匹青色马跟前,我至今还清晰地记得那匹马的表情,它那巨大的鼻孔里喷出热乎乎的气,眼睛很亮,看着我,一眨都不眨一下,我想摸一摸它的脸,手刚刚伸出来就被它发觉了,长而厚的嘴唇一张，喷了我一脸的唾沫。

车夫捡到鞭子，见我们离马太近，就一鞭子甩过来，虽然没伤住我们，我们却吓得一哄而散。没想到马误会了鞭声，迈开蹄子跑了起来，急得车夫跟在马车后面跑，眼看马跑得比车夫快，车将失去控制，车夫大喊起来，是唤马的声音："驭——"马们这才停了下来。

这个事件的直接结果是狗娃被带到镇派出所教育了两天，回来后蔫得像只被阉了的狗。从此，马车过我们村庄，车夫必然一下一下地甩着鞭子，马车便从我们村呼啸而过。

我以为从此再也不能细看这几匹马了，没想到第二年的四清运动，给了我与这四匹骏马可以厮混一天的大好机会。

四清运动是春上来的，我父亲是村支书，首当其冲地被清了三天三夜，我父亲在家忐忑不安地待了三天三夜，第四天早晨，四清组长到了我家，坐在我爷爷端过来的凳子上，对着毕恭毕敬地坐在他对面的我父亲说："这三天三晚上没清出问题，后面还能不能清出问题说不定，但是上面说，只要你办个事，就不再往下清了。"

父亲急忙问："啥事？"

组长说："听说你老婆和儿子画画得好，叫他们画一张飞着跑的马，名字叫'一日千里'。"

我父亲立即应承："没问题没问题。"

组长却转头问我母亲："行不？"

我母亲慌忙回答："能成么。"却现出欲言又止的样子。

组长看出来了："还有啥要说的？"

母亲谦恭地微笑着："是不是那种长着翅膀的马？"

组长："对对对！"

母亲："是不是在云彩上跑？"

组长："对对对！"

"噢。"母亲点点头，"你说的是天马。"

组长："能画么？"

母亲还是那样谦恭地微笑着："小时候跟娘学过，结婚后就再也没画过。"

这时候我插话了："为了画好，我应该跟娘去看看最好的马，比如咱镇上供销社的马。"

组长爽快地答应了，而且说立即回镇上，安排让供销社的马腾出一天时间让我们看。

从这一天，我才知道我母亲会画画多么重要。我母亲娘家很富裕，从小不让她干农活，也不让她做饭，让她在家里学画画和刺绣，所以嫁到我家以后，我们村的人一开始都笑话她面条擀得不成样子，烙馍烙得能吃不能看。但很快，她成了我们村所有姑娘和小伙子婚娶时不得不求的人物，因为她陪嫁来的门帘、床单、桌布、窗帘上，都绣着好看的图案，被面和枕头上，又有画又有字，让人羡慕，当人们知道这是出自我母亲的手后，每逢婚嫁，就求我母亲为他们画和绣。我母亲就和他们换工，比如说画一个窗帘图案，换纺十个线穗子，画好一个门帘，换织一丈布，绣好一个被面，换做十双鞋。我家上有爷爷奶奶，中有父母亲，下有我兄弟四个和一个妹妹，一家九口人的衣着，几乎都是母亲换工换来的。我是长子，自然而然地，成了母亲画画和刺绣的帮手，别的孩子玩的时候，我得帮母亲干活。比如母亲急着做饭，让我把她画了一半的牡丹添上枝叶，让我给凤凰添上翅膀，给鸳鸯添上眼睛，这都是必须做的，因为这是家里的生计需要，虽然我嘴上没有怨言，但心里是委屈的。

当画画的手艺突然间能换来看一天骏马的时候，我顿时为自己的手艺自豪起来。

第三天上午，我和母亲来到了镇供销社，在后院的马桩前，看到了那四匹威风凛凛的马。

车夫正在给马刷毛，春天明媚的阳光照在马身上，使得马的眼睛特别明亮，身上的毛尖尖像挂着露珠的草尖尖一样闪着光，看着我和母亲走近，那匹黑马警惕地喷起了响鼻，其他马也都昂起了头，那匹花马，竟然刨起了前蹄。

车夫和我们打招呼，又对着马喊了一声，马们立即不烦躁了，靠我最近的红色马，竟然朝我歪过头来，和善地看着我。

　　车夫朝我笑笑，赞扬我这么小就会画画，然后叫我伸手摸摸马头，我却不敢，平日那么想接触这几匹骏马，这会儿马就在眼前，就能摸，我却不敢。

　　车夫捉住我的手，把我的手放到马的脸上，就是那匹喷了我一脸唾沫的青色马的脸上。马似乎还记得我，朝我伸出了上嘴唇，我以为又要朝我喷唾沫，连忙往一边闪，车夫却将我的手放到马的嘴唇上，说："这是马把你当亲人了，想亲你呢。"

　　果然，在我的手抚摸马的嘴唇时，青色马愉快地晃起了头。

　　我母亲笑了："说是马高兴了就摇头晃脑的，这就是了。"

　　车夫一直没有正眼看我母亲，这会儿却接住了我母亲的话，眼却还在一边顺着："就是么，马跟人一样，你亲它，它就亲你！"说着，还是不看母亲，却又对我说，"来，骑到马身上。"

　　我兴奋极了，刚看了母亲一眼，车夫就将我举起来，放到了青色马的背上。

　　青色马扬起头，响亮地嘶鸣一声，很激动的样子，我却紧紧地抓住马鬃，唯恐掉下来。

　　车夫把我从马背上抱下来后，就给我和母亲讲起了马，从马的耳朵一直讲到马的蹄子，最后讲到了马的走路和奔跑，讲了一遍后,他又骑到马身上,给我们表演了一回,当马走到我跟前时,他从马背上弯下腰:"来。"没待我反应过来,他就把我揽上了马背,接着又让马跑起来。

这是我终生难忘的一次奔跑,我在马背上,在车夫的怀里,风在耳边呼呼地吹过,衣服被吹得飞扬起来,身子一颠一颠的,舒服极了。

说是要看一天,其实我和母亲只看了一个上午,就过了马瘾,回去后的第三天,我们就将《一日千里》的画交给了四清工作组。画上的那匹马很神气,翅膀扇得很有力量,蹄子在空中踏着,却似乎能听见嗒嗒的蹄声。

多年过去了,我对马的喜爱依然不减。去年是马年,我便画了一匹健硕的奔马,发到微信朋友圈后,省邮政局的朋友跑到我的办公室,想将这匹马作为有奖明信片,在全国发行。想到时隔几十年,我画的马还能被人欣赏,甚至能让全国人民看到,我立即点头同意。朋友便将我的画拿走,用大型照相机拍了照,在全国发行后,给我搬了一箱过来。

我表示感谢后,突然想到了我的画,便问了一句。朋友脸红了,小声问我:"能让我收藏吗?"

今年春天,中国作家协会发来邀请,让我参加八月初"丝路文学之旅"采访活动,设计路线从西安出发,经陕西、甘肃、新疆三省，穿越河西走廊、天山、祁连山、大戈壁和塔克拉玛干沙漠，沿着古人走过的路，感受丝绸之路经济带新的风采。

我一看行程就激动了，耳畔油然响起岑参的名句："君不见，走马川行雪海边，平沙莽莽黄入天。轮台九月风夜吼，一川碎石大如斗，随风满地石乱走。夜半行军戈相拨，风头如刀面如割。马毛带雪汗气蒸，五花连钱旋作冰。"

想一想就让人激动，在平沙莽莽的大西北，在随风满地石乱走的戈壁，在风头如刀面如割的寒夜，名贵马种五花连钱千里追风，汗飞成冰。

在回复了中国作协的邀请后，我突然意识到自己的偏好：怎么一说到去大西北，去丝绸之路经济带，我的意象里，就是马？！

但是，古丝绸之路，没有马能行吗？我们的想象被牵着骆驼走沙漠的商人形象固定了，其实，大量的行程里，马是主要的运输和交通工具。我上网查了一下，在丝绸之路上，马不但不可或缺，而且是亚欧之间文化和物资交流的重要成分，同时，马本身还是商品和艺术品。亚洲人、中东人和欧洲人，都有爱马和崇马的情结，亚洲马和欧洲马杂交后的温血马，是马术运动中耐力强、速度快、完成复杂动作的佼佼者。2014年是中国马年，5月，有关方面在人民大会堂召开了世界汗血马协会特别大会，主题论坛题目是"马与丝绸之路"。中国国家主席习近平与土库曼斯坦总统别尔德穆哈梅多夫一起出席了大会，就在这次会议上，习主席接受了别尔德穆哈梅多夫赠送的一匹金色汗血宝马，我在电视上看见这匹马时，它似乎因为到了新的国度，有点害羞。我打开网络，便发现这匹马颜值极高，仅走几步，便显异样神采，特别是它的左后蹄为白色，被故乡人亲切地称为"一蹄踏雪"。

由这匹汗血宝马，我想到了汉使张骞，汗血马的大名和其神秘珍贵的品质，是张骞向汉武帝报告的。《史记》中的《卫将军传》和《大宛传》都写到张骞，张骞出西域，归来说："西域多善马，马汗血。"我查了一下《史记》和《汉书》，当时张骞为求汉与大月氏联盟而合击匈奴，西行至大宛，经康居，抵达大月氏，再至大夏，停留了一年多才返回。那么，张骞见到的汗血马，应该在他西行的路上，而张骞西行的路线，恰恰是我们采风的路线。

当然，汗血马属于热血马，纯血马，繁殖难度大，作为战马使用，根本不够，但是，战争不能无马，正如《新唐书》所说，"马者，国之武备，天去其备，国将危亡"。那么，驻马衔杯的高适，走马河西的岑参，骑马从军行的王昌龄，以及大将军卫青、霍去病和千万将士所乘坐骑，应该是蒙古马、河曲马、三河马、伊犁马和山丹马等。而河曲、伊犁、山丹马，都在我们此行采风的路上。

我能见到它们吗？我能像儿时一样，伸手抚摸它们，甚至骑上它们的背吗？

当然，现在是中国政治和经济飞速发展的大好时期，茫茫大西北再也不是延续了几千年的古战场，那种骑马执枪呼啸来去的军人，不会再有，车辚辚，马萧萧，浩浩荡荡，烟尘四起的场面也不会再现，多个民族在那里过着日出而作日落而息的生活，刀兵之事，对他们来说，也已经是很久以前的传说，即便是马，也应是经济型养殖，作为役用、家用、农用，不会再有千里驰骋的壮观场面。

但是，那里毕竟曾经是汗血马的故乡，那里的水，汗血马喝过，那里的草，汗血马吃过，那里的土地，汗血马踏过。当年，那里是悍兵良将与宝马相依为命出生入死的地方，张掖、酒泉、敦煌、武威、安西等地地名，都是战争之后由朝廷甚至皇上本人命名的。那里肯定留有"将军夜引弓"的传奇，更有不散的骏马的气息，夜半时分，也许能听到战马的嘶鸣。

所以，去大西北，去丝绸之路，去大漠戈壁，在战马活动最为频繁的地方，踏着战马当年走过的路，呼吸着骏马当年呼吸过的空气，不说与良驹隔空对话，起码能感受到当年马的气息和状态。

还有，即便在丝绸之路看到如今的杂役用马，也是令人激动的，因为它们有着骄傲的血统，它们的祖先，曾经承载着国家和民族的命运。

我怎么也没有想到，这次丝路采风，我最先看到的马，却是一匹青铜铸造的骏马。

那是在兰州，天上无云，太阳强烈到不能直视，穿城而过的黄河又给炎热中增加了水汽，热就变成了闷，闷到使人难以呼吸。不禁使我联想到古代西出阳关的将士和他们的战马，在大漠戈壁的每个夏日，都被这样的闷热烘焙着，他们还能有激情作战吗？

走进甘肃省博物馆，闷热被隔在了外边，顿感一身清爽，观看的兴致一下子飞扬起来。

看惯了中原的文物，这里典藏的极具西域特色的文物，立即使我们有目不暇接的感觉，比如东罗马神人纹鎏金银盘、永乐款鎏金菩萨坐像，都让人叹为观止。

然而，最让我流连忘返不忍离去的，是著名的"马踏飞燕"。

在一个很普通的玻璃盒子里，这具尺半见方的铜奔马矗立在里面，整个展柜不足一人高，微微俯视，就可以看到这匹精神抖擞的骏马。此前在我国很多景点，我见到过这匹马的照片或者复制品，因为它作为公共标志摆设在那里，没有引起我太多的兴趣，而这次，这就是原件，这就是在甘肃出土的文物，这么近的摆在我面前，自然给了我盎然的兴趣，便俯下身来，仔细研究这件国宝级文物。

　　从青黑色的颜色上看，它是青铜器无疑，由于年代久远，身体多处有细小的、不规则的、堆状的暗绿色的锈斑。但这些锈斑不但没有让它有半点逊色，反而增加了它的历史厚重感。马的头是上扬的，头顶上的马缨顺势上扬，给人以昂然的动感。而且，马头是斜向身体一侧的，与整个身体的倾斜度一致，马的嘴巴大张着，是那种快乐的张合瞬间，从头顶的马缨朝后望去，是飞扬起来的马尾，而马尾的势，也与整个身体保持一致。马的身体，是那种矫健结实的身体，没有一块多余的囊肉，更无一片松弛的皮肤，马的三个蹄子是腾空的，右后蹄踏着一只鸟，有人说是鹰，有人说是隼，有人说是燕，有人说是龙雀。郭沫若老先生在1971年参观这件文物时，为它的精美造型而震撼，给它取了一个很诗意的名字："马踏飞燕"。

看得累了，我直起身子，挺挺胸。

不禁想起我在镇供销社看马的情形，想起了车夫对好马标准的介绍。后来我看到马王堆出土的帛书《马经》，对其中论述的马标准极为欣赏，为古人对马研究的精细而折服。再将车夫对我讲述的马标准一对，发现车夫所说，虽然遗漏很多，但所说到的地方，竟然全在道上，虽然如此，车夫之言，只能是最为朴素的初级相马语言。

此刻，站在被郭沫若亲自命名的，尼克松等外国元首都赞不绝口的"马踏飞燕"面前，我依着《马经》对这匹铜奔马进行了仔细对照。

《马经》如是说："马生，足堕地、无毛，行千里。尿举一脚，行千里。阑筋竖者，千里。马膝如团曲，千里。马一岁、上下齿二十，四岁、齿黄，三十三岁、齿白。马头为王，欲得方。目为丞相，欲得明。脊为将军，欲得强。腹为城廓，欲得张。四下为令。头欲长。眼欲得高眶，眼睛欲得如悬铃、紫艳光，眼下悬蚕、悬凿欲得成。鼻孔欲得大，鼻头欲得有王、火字。口中欲得赤。膝骨欲得圆而张。耳欲得相近而竖，小而厚。伏龙骨欲得成。颈欲得长。双趺欲得大而突。蹄欲得厚。腹下欲得平，有八字。尾欲得高而垂。"

《马经》是从马的出生说起的，我一一对照下去。

这匹马生下来，是不是足先落地，不可能知道。生下来是不是无毛，也不知道。尿尿时是不是如狗一般举起一条腿，当然也不知道。牙、眼和口的颜色，在青铜器上无法判定，不知不能妄言。而其余所有项目，完全符合千里马标准。比如阑筋，阑筋确实竖着，在脖颈两侧；比如膝，膝盖确如团曲。就这两条，已经是标准的千里马了，再往下，头、目、脊、腹及下肢四蹄，更与《马经》完全符合。

　　看来，铸造这匹千里马的匠人，是非常熟悉千里马的。

　　越看越喜欢，却隔着玻璃，不能抚摸，不能掂量，还是遗憾的。

　　由于是团体活动，我一个人对一件文物研究过久，自然影响了团队进程，工作人员再三催促，我还恋恋不舍。直到领队告诉我，我们很快会到武威，会到"马踏飞燕"的出土地，我才一步一回头地离开。

　　几天后我们到达武威，在雷台汉墓公园参观了张将军墓后，方知"马踏飞燕"于1969年在这里出土，与它一起出土的，还有39匹铜奔马。这些马被放大为一比一战马大小，神态各异，栩栩如生。而领头的神马在最前面，自然也最生动，就是"马踏飞燕"。当年，张骞、卫青、霍去病等将士所骑的战马，应该就是这样的神态。

这一天依然炎热，我的短袖几乎湿透了，想一想，当年的将士和战马，应该也承受着同样的炎热，人的状态不能妄猜，但从马们欢乐的神态中，可以推断，它们的主人，也是充满豪情快乐地在沙场上。

在仿制文物销售处，我看到了与出土文物一样重量、一样大小的"马踏飞燕"。我掂了掂，如普通西瓜，十斤左右。又抚摸眼睛、嘴巴、身体、四肢和蹄子，似乎在抚摸遥远年代的千里马。

最后摸到了那只飞燕。

讲解员一再强调，郭老才华横溢，给这匹铜奔马取的名字很浪漫，但是经专家一再考证，决定命名为"马超龙雀"。

"龙雀……"我抚摸着这只作为千里马底座的神鸟，想到了传说中的龙雀，它是凤凰的一种，而不像凤凰绚丽灿烂，却是凤凰中最凶猛的。幼年时代像普通的水鸟，成年后展开铺天盖地的黑翼，日月星辰都被遮蔽，一旦起飞再不落下，是种极其凶猛又孤独的鸟，被称为风神。《周礼》中的《大宗伯》，蔡邕的《独断》，屈原的《离骚》都有描述，东汉张衡的《东京赋》，陈述了龙雀在皇宫内的醒目位置："龙雀蟠蜿，天马半汉"。龙雀和天马，一左一右，陈放在皇宫的命门上。

那么，能够与龙雀共飞于天，甚至将雀踏在蹄下的，也只能是天马了！

我自然想到了司马迁在《史记·乐书》和班固在《汉书·武帝纪》中对汉武帝得天马一事的记载。在汉武帝元鼎年间,南阳新野有一个名叫暴利长的刑徒,被流放到河西走廊安西县的渥洼:"数于渥洼水旁,见群野马有奇者,与凡马异,来饮此水。利长先作土人,持勒绊于水旁,后马玩习久之,代土人持勒绊收得其马。"暴利长将这匹马献给了汉武帝,武帝通马,认为这是太乙真人赐给他的天马,兴奋得不能自已,甚至写了《太一之歌》歌词:"太一贡兮天马下,沾赤汗兮沫流赭。骋容与兮跇万里,今安匹兮龙为友。"并令精通音律的太监李延年作了曲,"使僮男僮女七十人俱歌",就是让七十个童男童女一起歌唱。

汉武帝的歌词确实写得很一般,但展现了他的欣喜之情,更重要的,是他写到了马的特点:"沾赤汗",就是流着红汗,"沫流赭",就是流出的唾沫是赭石一般的棕红色。

这不就是汗血宝马么?

那么,在两千多年前,汗血宝马就出没在河西走廊一带。

在漫长的时光里,沧海桑田,汗血马的生存地只限于中亚内陆国家土库曼斯坦。但是,它的故乡在渥洼,在河西走廊,有汉武帝的诗为证,有汉铸青铜奔马"马超龙雀"为证,有张骞西行归来的报告为证。

有了这些崭新的认识后,我不禁对我抚摸的这匹马肃然起敬。

然而，仔细研究后，我发现，这匹马虽然异常矫健，动感极强，似在千里追风，但它的奔跑姿势不对。

多年前，我们镇供销社的车夫就认真地告诉过我，马在奔跑时，永远是左前腿和右后腿方向一致，右前腿和左后腿方向一致，慢跑时方向一致的两条腿同时落地，快跑时同方向的一只蹄子落地后瞬间跃起，同方向的另一只蹄子随即落地。去年画马时，我又查阅了近一天的资料，即将黄昏时，我看到了一桩世界著名公案。

1872年，斯坦福与科恩争论"马奔跑时蹄子是否着地"，斯坦福认为，马奔跑得那么快，在跃起的瞬间四蹄应是腾空的，而科恩认为，马要是四蹄腾空，岂不成了青蛙？应该是始终有一蹄着地。两人争执不下，于是请英国摄影师麦布里奇做裁判，麦布里奇在一条跑道的一旁等距离放上24个照相机，镜头对准跑道，在跑道另一旁的对应点上钉好24个木桩，木桩上系着细线，细线横穿跑道，接上相机快门。遂让一匹马从跑道的一头奔到另一头，马在奔跑中，依次绊断24根细线，相机就接连拍下24张照片，相邻两张相片的差别都很小。相片显示：马在奔跑时始终有一蹄着地，慢跑时两只脚交叉落地，即右前左后或左前右后，快跑时永远是一只脚落地，起脚时，另一只落地，如起脚为左前脚，随即落地的，应是右后脚。

而我们的"马超龙雀",却是两条左腿同时朝前,左后腿着地踏着了龙雀,两条右腿朝后,同方向跃在空中。按照麦布里奇的实验,这是完全错误的。

我不禁遗憾,甚至有些悲痛,我们的先人,铸造了这么英俊的一匹汗血宝马,这么矫健的横空飞跃的天马,怎么没有注意到马的奔跑姿势呢?

我把这匹"马超龙雀"的复制品买了,装在行囊,没有吭气,始终没有再说马。

几天后我们到达嘉峪关,在参观嘉峪关博物馆时,没想到这么小的一个博物馆,竟然存放着汉画砖《驿使图》。这是著名的一幅画,我过去没有仔细研究过,但知道,今天一见真容,眼睛不禁一亮。

二十世纪七十年代初,嘉峪关市新城乡一个村民放羊时,发现了内藏大量画砖的墓葬,文物部门挖掘后,发现了1400多座魏晋时期的地下壁画砖墓群,一时海内外轰动,被誉为"世界最大的地下画廊"。在5号古墓中出土了"驿使图",记录了距今1600多年前邮驿情形,被认为是我国发现最早的古代邮驿的形象资料。驿使头戴黑帽,身着短衫,一手持缰,一手拿"邮件",马四蹄腾空,信使则稳坐马背,飘起来的马尾巴衬出马跑的速度,举"邮件"的手和嘴持平且面部没有画嘴,寓意守口如瓶。魏晋时期,是中国历史上政权更迭最频繁的时期。由于长期的封建割据和连绵不断的战争,西部驻军和当地百姓,过着朝不保夕的日子,正所谓"烽火连三月,家书抵万金"。所以,这幅邮使图真实地反映了当时的社会状况。然而,由于对"马超龙雀"奔跑姿势的研究,我不由再去查看驿使坐骑的奔跑姿势,更加令我遗憾的是,这匹马竟然两条前腿朝前奔,两条后腿朝后奔,说好听点是飘起来一般,说不好听就是科恩所说的青蛙跳。

我的失望之情可想而知,我走到博物馆纵深的一处拐角,一个人坐下来发呆。

这么好的两幅作品,一幅是中国旅游的标志,一幅是中国邮政储蓄的标志,这么重要的两个标志,古人的原画画错了腿可以理解,当今的人拥有如此庞大的信息,难道在决定之前,就不知道去研究、考证一下吗?

回到河南后,这个疑问一直困扰着我。

没想到在一次朋友的聚会中,见到一位马专家,我便迫不及待地将他叫到一边,说了我的困惑。

专家抬了抬眼镜,微笑着对我说:"我上大学的时候就注意到这个问题。"然后反问我,"你研究了徐悲鸿和郎世宁的马没有?"

这两个画家,我都很喜欢,便回答:"喜欢他们的画,但没来得及研究他们画中有关马的奔跑问题。"

专家:"他们俩的马,是忠于生活的。"

"噢。"我想想,点点头,"还真是。"遂又感慨,"郎世宁本就是画油画的,注重写实。徐悲鸿是从西洋学习归来的,绘画理念下意识地就写实了。"

专家:"这个'马超龙雀'和'驿使图',看上去特别生动是不?"

"当然。"

"你不是会画画吗?我看到你画的马的明信片,你把这两匹马依着生活真实画一画,看看是否有原画生动。"

我琢磨半天，摇摇头："很难比原画生动。"

专家笑了："我当年和一个画家做过这样的试验，结果和你说的一样。"又推推眼镜，"我的画家朋友后来把画笔一撂，呛我说，人家本来就是很高的艺术，你非要把人家拉到写实上，那还是艺术吗？"

我愣了，恍然大悟，我搞了一辈子文学，嘴上说着源于生活，高于生活，到了具体问题上，怎么就钻起了牛角尖呢！

专家注意到了我的沉默，拍拍我的肩膀说："你注意到周穆王的八骏没有？"

我点点头："注意到了，名字都是以颜色取的，赤骥，盗骊，白义，逾轮，山子，渠黄，华骝，绿耳。"

专家："是的，这些以颜色取的名字很写实，意思一目了然。而以速度取的名，更有意思，你回去查查。"

聚会完毕，我立即进书房查阅，在《拾遗记·周穆王》里，查到了以速度取名的周穆王八骏："王驭八龙之骏：一名绝地，足不践土；二名翻羽，行越飞禽；三名奔宵，夜行万里；四名超影，逐日而行；五名逾辉，毛色炳耀；六名超光，一形十影；七名腾雾，乘云而奔；八名扶翼，身有肉翅。"

我不禁拍案叫绝，比起以颜色命名的八骏，以速度命名的八骏给人无限的想象空间，默默念着这些名字，你眼前就是一个五彩缤纷生动飞扬的世界,激情和豪迈油然而生。

源于生活而高于生活,古人在几千年前就深谙此道。

这时候再看"马超龙雀",便对那个"超"字倍感准确,龙雀是风神,速度极快,而天马正在超越它,天马的蹄子与龙雀的背,只是瞬间际会,并非踩踏,天马和龙雀都在空中,当然是百分百的"绝地"!

"驿使图"就更好理解了,驿使的坐骑,不是狂奔,更不是青蛙跳,而是飘飞。飘飞之马,能不绝地?

"绝地!"我在书房念出了声。

绝地!是艺术的飞升,更是古人艺术精神的写照。

绝地!丝路采风,有此收获,可谓满载。

渐川柏籽

三年困难时期，不满十岁的我挖过田野里的田鼠窝，与田鼠战斗，不但将田鼠的粮食掏走，而且逮住田鼠一起煮了。后来连田鼠也找不到了，我们一帮孩子就将眼光转向了树和草，几乎所有树的籽我们都尝过，为此我们上吐下泻过，浑身或者局部浮肿过，经过身体的试验，所剩下能够食用的树种并不多，而且这里面包括树的皮或者籽。有些树的皮和籽都可食，有些树的皮根本无法采食，只有籽可以食用。这里面给我印象最深的，是柏籽。

　　我们郑家老坟里，有十几棵三人合抱的古柏，树太粗，不好上，我们就试着捡起去年落在地上的柏籽，剥开壳子吃，竟然油香油香，而且带有甘甜的味道。这一发现，很快在孩子们中间传开，几天之后，地上的柏籽就被捡干净了，仰着头看树上的柏籽，在叶子上结着，还嫩，不知道能不能吃。其实大家根本没有商量，就相继爬上树去，采摘鲜嫩的柏籽。有意思的是，柏籽大都结在树枝的梢部，那里很危险，我胆子小些，不敢往边上爬，就尽量伸着手摘，虽然摘的少，但毕竟能摘着，吃起来，虽然没有熟得落了地的柏籽油分充足，但甜味多，而且嫩香，越吃越想吃。

后来大人们也参与了采摘柏籽的行动，十几棵树的柏籽，几天之内就采得一个不剩。我常常望着树，回味着那甜美的味道。

长大后走了很多地方，吃过很多水果以及松籽一类的树籽，唯独没有再吃过柏籽，就忍不住经常回味柏籽的味道。有一次由于写作需要，我翻看李时珍的《本草纲目》，偶然翻到柏籽一栏，才发现柏籽不但可以食用，而且药用价值极高："柏子仁，性不寒不燥，味甘而补。辛而能润，其气清香，益神胃，盖上品也。宜乎滋补之剂用之。久服令人润泽美色，耳目聪明，不饥不老，轻身延年。"不禁拍案，果然好食物！

于是，再食柏籽，成了我的一个愿望或者梦想。

但是，在以后的几十年里，我食过两次柏籽，都很失望。

第一次是我从部队转业到河南后，回老家探亲，当天就到村外寻找柏籽。可惜我们郑家祖坟里的大柏树已经全部砍伐了，好不容易在一个土壕里寻到一棵小柏树，树上没有结籽，树下却落有柏籽。我才意识到这是初春，柏树还来不及结籽。于是就捡了树下的柏籽剥开来，却没有吃，因为里面的仁，已经变成黑色。

第二次是清明时分，我到烈士陵园参加活动，活动结束后，我到陵园的柏树林里去寻找柏籽。可惜的是，陵园里的管理人员太勤奋，树下的地扫得很干净，根本找不到柏籽，树上新结的柏籽太小太嫩，但我还是摘下一颗来，剥的时候，不经意间，我看到我的手上，沾了不少灰尘，不禁想到：虽然管理人员勤劳，但管理不了空气，城市的空气里含有大量的粉尘，怎能不落在柏籽上？

虽然如此想了，但还是剥开来，柏仁小小的，似乎猥猥琐琐的，我轻轻捏住，放到嘴里，牙还没咬，就感到了苦涩的味道，不禁"呸"的一声吐掉了。

今年麦收时节，我与河南众多作家到南水北调水源地淅川县采风，看了烟波浩渺的丹江水库，看了古色古香的荆紫关镇，看了三省交界的三角形界碑，看了融合在淅川人民生活中的具有独特三省风格的民俗，但给我印象最深的，还是在丹江水库边的山坡上食柏籽。

山坡上有一座庙，一下船，当地朋友领大家去看了。我开始也随着队伍，但我一扭头，发现半山坡上有一片树林，有槐有榆有竹，更重要的是，有柏，虽然不是我儿时攀爬的参天古柏，是一人多高的侧柏，但毕竟是柏，我就想，现在应该有柏籽了，就是树上的柏籽还没有长成，地上的柏籽应该落了不少。于是就离开队伍，一个人爬到了半山腰，进入树林里，来到一棵侧柏跟前，首先看见树上的柏籽已经饱满了，而且呈现出干干净净的粉白色，再看地上，落有不少柏籽，有颜色很深的，有颜色较浅的，深色的肯定是几年前落的，浅色的应该是去年落的。于是就捡起一粒，小心的剥开，还没吃，就闻见了一股清香，放到嘴里一嚼，那种油香油香的味道又充满了整个口腔，一下子将我带到了童年。

吃了几颗老柏籽后，我又将树上已经饱满的新柏籽摘了几粒，由于在烈士陵园的遭遇，我摘下一粒就仔细地看看上面是否有粉尘，竟然干净得可以用一尘不染来形容，掰开来吃了，香甜之中已经沁有油香，看来我吃得正是时候。

流连于林间，脱离了队伍，不久就听见有人呼叫我，便急急应了，却没有立即走，而是摘了不少新柏籽，装在裤袋里，并且匆匆拍了一张照片。

装在兜里的柏籽，本来想全部拿回来给女儿吃，但回到郑州，只剩七颗。

女儿却不吃，说只听说吃核桃杏仁松籽，哪儿听说过吃柏籽？！

无奈，我就自己吃，看我吃得香，女儿也馋了，吃了一颗，竟也说好。就问柏籽怎么这么好吃，是哪儿的。

我说是淅川山上的。不禁想到，前些年，一些人不重视科学发展，造成了很多地方的污染，淅川能有如此干净的柏籽，能有保持原汁原味的柏籽，真是太不容易了。

这种不容易是付出了沉重代价的。

在采风中，我了解到，淅川县人民在治理污染中，为了保证水库内水质，首先找到了水污染的根源：首先是森林过度砍伐造成水土流失，随着人口的急剧增长，薪炭林砍伐量越来越大，速度远大于树木自然增长速度。加上近十年来，该流域区内大量种植香菇、木耳等农副产品，砍伐了大量桦栎树等树种（一般树龄为十五至二十年），砍伐以后，很难恢复。上级部门意识到砍伐树木的危害时，要求用树枝秸秆发展袋料种植香菇，但群众栽培袋料时砍伐了大量幼树，结果危害更大，水土流失更加严重。其次是在农业种植中滥施农药、化肥，造成环境污染。除农作物施用农药、化肥外，近几年来，农村病虫害严重，需要大量喷洒剧毒农药1059，还要大量施用化肥，在毒死了害虫的同时，也毒死了大量的鸟类，没了天敌鸟类，造成恶性循环，害虫泛滥，只好加量喷洒剧毒农药，这样一来，毒死的鸟类就更多了，几乎使鸟绝迹。同时，残留农药流入河流，破坏了水体环境，鱼类日渐减少，河水自净能力减弱，群众饮用了河水以后，也影响了身体健康，当然也污染了南水北调水源水质。

弄清污染源后，淅川人全力服从服务国家重点工程建设，号召各级干部"把丰碑刻在青山上、把政绩融在清水里"，举全县之力做好水源地生态建设和环境保护工作。关停110多家高耗能、污染型企业，留下的企业，全部实现了环保达标；与此同时，完成造林、封山育林100多万亩，森林覆盖率由5年前的15%提高到37.9%；治理小流域787平方公里，治理区植被覆盖率由15%上升到

58%，年减少土壤流失200多万吨；在城区高标准建成了垃圾处理场和污水处理厂，在沿库乡镇修建沼气池3万座，有效地保护了生态，减少了污染。

在做了这些努力后，他们请来了水利环保专家，对淅川境内的丹江水库水质进行化验，结果显示，这里的水，已经达到超二级标准。而人类饮用水的标准，是三级。

就是在这种情况下，淅川的山上，才能有如此美味的柏籽。

前些天，我一个老家在淅川的朋友回家探亲，问我需要带什么。我说两样，一是荆紫关镇上的草鞋，二是最重要的，淅川山上的柏籽。

图书在版编目（CIP）数据

乡野 / 郑彦英著. — 郑州：河南人民出版社，2019.1
（绿水青山生态文学书系）
ISBN 978-7-215-11795-2

Ⅰ. ①乡… Ⅱ. ①郑… Ⅲ. ①散文集－中国－当代 Ⅳ. ① I267

中国版本图书馆CIP数据核字（2018）第264360号

河南人民出版社出版发行
（地址：郑州市经五路66号 邮政编码：450002 电话：0371-65788067）
新华书店经销　　北京盛通印刷股份有限公司
开本　880毫米×1230毫米　1/32　印张　7.75
字数　139千字
2019年1月第1版　　2019年1月第1次印刷

定价：38.00元